LES NOCES
FANTASTIQUES

PAR

HENRI SIGNORET

Pource que rire est le propre de l'homme.
RABELAIS.

PRÉFACE

PROLOGUE — LE CONTRAT — FANTAISIE

LA FOR** — ÉPILOGUE

PARIS

C. MARPON ET E. FLAMMARION

LIBRAIRES-ÉDITEURS

1 a 7, galeries de l'Odéon, et rue Rotrou, 4

—

LES NOCES

FANTASTIQUES

***

PARIS. — IMPRIMERIE Vve P. LAROUSSE ET Cie

RUE MONTPARNASSE, 19.

***

LES NOCES

FANTASTIQUES

PAR

HENRI SIGNORET

Pource que rire est le propre de l'homme.

RABELAIS.

PARIS

C. MARPON ET E. FLAMMARION

LIBRAIRES-ÉDITEURS

1 à 7, galeries de l'Odéon, et rue Rotrou, 4

—

1880

A

ELÉMIR BOURGES

PRÉFACE

I

UN AUTEUR DRAMATIQUE

chez un critique influent.

(A la place du critique influent, c'est son laquais, nommé
Joseph, dressé par lui à cette fonction, qui reçoit l'auteur.)

Entre l'auteur, suffoqué par l'émotion et récitant avec un bal-
butiement à peine intelligible le premier mot d'une phrase
d'introduction de seize lignes, retenue depuis... Saint-N.-
sur-Loire.

L'AUTEUR.

Monsieur, je...

JOSEPH.

Trève de préambule, monsieur ; je ne suis
point maître de mes moments. Apprenez
qu'une des prérogatives de mon état consiste
à lire huit mille quatre cent quatre-vingt-deux

pièces de théâtre par an : soit, à cinq mille cinq
cents lignes la pièce, quarante-six millions six
cent cinquante-six mille lignes par année, ou
trois millions huit cent quatre-vingt-huit lignes par mois, dix mille huit cents par heure,
cent quatre-vingts par minute, trois par seconde. Si vous en ajoutez un nombre égal
pour ma part à écrire, entre éloges et déni-
grements, et que vous joigniez à cela le boire,
le manger, le dormir et le reste des actes qui
font l'existence, ce simple aperçu suffira à
vous convaincre qu'un critique n'a jamais
lieu de prodiguer son temps à des sornettes.
Au demeurant, je vous entends de reste. Mon
flair pour les auteurs dramatiques est infaillible. Selon toutes les apparences, vous êtes
un de ces gens-là, et cet objet que vous dissimulez au mieux sous votre habit est le rouleau d'un manuscrit? En un mot, votre solli-
citation vise à l'appui de mon crédit auprès
d'un directeur pour l'admission d'une pièce
en... trois actes...

L'AUTEUR.

Précisément, monsieur, je...

JOSEPH.

...Que vous auriez pu présenter vous-même, si le courage ne vous en eût manqué ? Mais la crainte d'une rebuffade vous a fait juger plus à propos d'user de mon intermédiaire...

L'AUTEUR.

D'accord, monsieur, je...

JOSEPH.

...Et vous êtes arrivé tout droit de la province pour...

L'AUTEUR.

Oui, monsieur, je...

JOSEPH.

...Pour m'offrir la lecture de votre manuscrit; et cela, sur le bruit de ma condescendance à rendre de pareils services, accrédité d'ailleurs par ce que j'en ai pu avancer moi-même dans tel ou tel de mes écrits?

L'AUTEUR.

Effectivement, monsieur, je....

JOSEPH.

Et c'est votre foi en ces insertions qui vous a déterminé à me choisir de préférence à mes confrères ?

L'AUTEUR.

Tout juste, monsieur, je...

JOSEPH, avec une intention incomprise de l'auteur.

Vous arrivez de la province.

L'AUTEUR, tendant une lettre.

Sans contredit, et si vous...

JOSEPH.

Ah ! La lettre ! Ah ! Fort bien ! J'oubliais ! La lettre de recommandation ! Mon cher compatriote ! (ouvrant la lettre.)

« Mon cher compatriote,

» J'ai l'honneur de te recommander Hélio-

» dore Névrose, mon neveu. C'est un garçon
» très intelligent et il a fait toutes ses classes.
» Ç'aurait été, pour ainsi dire, un des pre-
» miers notaires de Saint-N.-sur-Loire, s'il n'a-
» vait préféré à cette brillante perspective qui
» lui assurait en mariage la fille du conserva-
» teur des eaux et forêts, qui sera un jour
» très riche, s'il n'avait préféré, dis-je, la lit-
» térature. Sa mère et moi, qui est une sainte
» femme, nous déplorons de voir Névrose si
» mal tourner. La littérature est un métier où
» il faut être sûr de réussir, comme toi, par
» exemple. Imagine-toi qu'ils attendent ta mort
» ici pour te dresser une statue. Il paraît que
» tu es l'oracle à Paris et que tu ne te gênes pas
» pour en coller de dures à tous tes bourgeois
» de là-bas. — Pour moi, c'est toujours moi
    qui prépare les élèves du père Clinard au
» baccalauréat.

    » Alexandre en est à son cinquième enfant!
    Audaces fortuna jurat, c'est le cas de le
» dire.

        » Tout à toi et merci d'avance

            » COLÉOU BRUTUS. »

« *P. S.*—Nous comptons sur ton obligeance,
» sa mère et moi, pour décourager notre jeune
» homme... »

L'AUTEUR.

Monsieur !

JOSEPH.

« ... Et nous le renvoyer *sain et sauf* à
Saint-N.-sur-Loire. »

L'AUTEUR.

Mais monsieur !

JOSEPH, imperturbable.

Veuillez me remettre le manuscrit, monsieur.

L'AUTEUR.

Quoi ! monsieur ! Vous consentiriez à lire
malgré...

JOSEPH.

Je n'ai pas pour principe de décourager personne sans motif. Les jugements que je rends

ne sont pas inconsidérés, par la raison que je me regarde comme comptable de ma mission à la postérité.

L'AUTEUR.

Ah ! monsieur, ma reconnaissance...

JOSEPH.

Quelle honte s'attacherait à mon nom si je retardais d'un seul instant l'apparition d'un Molière ou d'un Shakspeare, et quelle gloire d'autre part d'avoir contribué à la renommée de tels génies !

L'AUTEUR.

Certes !

JOSEPH.

Il est vrai que je cours rarement ces risques. Cependant j'aime mieux là-dessus donner dans un excès de prévoyance, au détriment de mon repos.

L'AUTEUR.

Ah ! Comment vous témoigner...

1.

JOSEPH.

Laissez donc.

L'AUTEUR.

Je ne saurai jamais assez vous...

JOSEPH.

C'est la moindre des choses.

L'AUTEUR.

Permettez-moi seulement de vous exprimer...

JOSEPH.

Restons-en là, vous dis-je. — Pour en revenir à votre pièce...

L'AUTEUR.

Un vaudeville. Mais qu'on peut, à votre convenance, convertir en drame.

JOSEPH.

Inutile. — Combien d'actes ?

L'AUTEUR.

Trois actes..., réductibles en un seul, monsieur, pour votre commodité, réductibles en un seul.

JOSEPH.

Le nombre de vos personnages ?

L'AUTEUR.

... Pourrait être ramené de trois à un, selon votre désir.

JOSEPH.

Trois actes. Trois personnages. Fort bien. Fort bien. — Quel quantième tenons-nous ?

L'AUTEUR.

Le trois.

JOSEPH.

Le trois seulement ?

L'AUTEUR.

Le trois décembre. Mais qu'on pourrait, si vous le jugez bon...

JOSEPH.

Trois actes. Trois personnages. Trois décembre. Trois fois trois, neuf. — Repassez dans neuf ans.

L'AUTEUR.

Hein !

JOSEPH.

Dans neuf ans. Je vous proteste d'une lecture complète du manuscrit à ce moment.

L'AUTEUR.

Dans neuf ans !

JOSEPH.

Plus tard même, si vous voulez, je n'y fais pas opposition.

(Il le pousse vers la porte avec force civilités.)

L'AUTEUR.

Dans neuf ans !

JOSEPH.

Monsieur, malgré ma bonne volonté, le temps me presse, et je...

L'AUTEUR.

Dans neuf ans !

JOSEPH.

Allons, au revoir.

L'AUTEUR.

Dans neuf ans !

JOSEPH.

... Et bon courage !

(Il lui ferme la porte au nez.)

II

LE MÊME AUTEUR

*considérablement
aguerri par une série d'épreuves identiques,
chez un directeur.*

(C'est également un laquais, nommé Jean, instruit pour cet
effet, qui reçoit l'auteur.)

JEAN, sautant au cou de l'auteur,

Ah! monsieur, vous voilà. Est-ce bien
vous? Avec quelle impatience je vous attendais! Excusez la violence de l'émotion qui me
domine. Les paroles seraient impuissantes à
vous témoigner le ravissement où me met
votre venue. N'en soyez point surpris: j'ai
conçu pour la gent débutante un amour

poussé jusqu'à l'idolâtrie, jusqu'à l'aveugle-
ment, vous l'avouerai-je? jusqu'au désir d'un
débutant pour ma fille unique!

L'AUTEUR.

Monsieur, je...

JEAN.

Oui, je vous attendais, et toute la direction
avec moi.

L'AUTEUR.

Mais, monsieur, je...

JEAN.

Il est probable que votre mémoire ne vous
rappelle aucune de nos rencontres précédentes?

L'AUTEUR.

En effet, monsieur, je...

JEAN.

Eh ! monsieur, laissez votre mémoire tranquille ! Qu'ai-je besoin de vous avoir connu pour vous attendre avec cette impatience ! N'êtes-vous pas un auteur dramatique ? Mon flair là-dessus est infaillible. Selon toutes les apparences, vous êtes un de ces gens-là, et cet objet que vous dissimulez au mieux sous votre habit, n'est-ce pas quelque rouleau de manuscrit ! Admirez ma sagacité, j'ai deviné cela de prime abord, sans vous avoir dévisagé, que dis-je ? au seul pressentiment de votre visite !

L'AUTEUR, ahuri.

Vous pressentiez !

JEAN.

Je vous déclare que je possède à ce sujet un véritable esprit de divination, et vous n'étiez pas sorti de chez vous que déjà le cœur me battait de joie à suffoquer et que le sang me martelait les tempes.

L'AUTEUR.

Monsieur...

JEAN.

C'est à la lettre.

L'AUTEUR.

Je...

JEAN.

Vous exercez sur moi une telle influence! Et n'allez pas vous croire par hasard le seul à jouir de ce privilège. Bien au contraire. Il n'est novice de votre état dont l'arrivée ne me jette dans ces douloureux transports.

L'AUTEUR.

Certes, voilà une infirmité bien déplorable chez un directeur de théâtre, et je vous plains sincèrement, monsieur, d'être exposé huit mille quatre cent quatre-vingt-deux fois par an à en subir les terribles accès.

JEAN.

Ne croyez pas un seul mot de cette fausseté; l'exagération de ce chiffre me persuade une fois de plus de l'acharnement des médisants et des jaloux à nous dénigrer auprès de ceux qui attendent de notre bon vouloir leur célébrité, et à nous dépeindre à leurs yeux sous l'aspect le plus repoussant et le plus rébarbatif.— Comment n'en est-on pas arrivé à bafouer tant d'autres inventions, débitées si injustement sur notre compte?

L'AUTEUR.

Sans doute, monsieur. Mais...

JEAN.

Je sais bien : la conduite de quelques directeurs en autorise le crédit. On ne peut se défendre d'en convenir.

L'AUTEUR.

Oh! monsieur, je ne...

JEAN.

C'est une vérité courante : certains Mécènes le prennent quelquefois d'un peu haut avec des aspirants à la gloire, encore en pleine obscurité.

L'AUTEUR.

Je ne me permettrais jamais de...

JEAN.

Ils n'estiment un auteur qu'à proportion de ses succès auprès du public ; ce qui, du reste, ne manque pas de leur assurer une grande sûreté de jugement par après coup.

L'AUTEUR.

...Jamais d'avancer que...

JEAN.

Serments de femme, paroles d'avocat et promesses de directeur vont de pair, sans qu'il soit plus prudent de se fier aux uns qu'aux autres.

L'AUTEUR.

...D'avancer de pareilles calomnies.

JEAN.

Calomnies, en effet, méchants rapports de

bibus inventés par les familles, afin d'éteindre l'ardeur des néophytes et de les dégoûter, s'il se peut, d'une profession qui fait horreur à la majorité de la nation !

L'AUTEUR.

Oui, oui.

JEAN.

Eh bien ! profitez de l'occasion pour apprendre que, loin d'être encombrés par les œuvres nouvelles, nous ne vivons que sur des vieilleries ou des redites des fournisseurs en titre, qui, par bonheur, font notre salut ; car ces gens-là, jeune homme, se lasseraient plutôt de rabâcher la même chose que le public d'y applaudir. Mais l'attrait de la nouveauté triomphe la plupart du temps de ce triste engouement, en sorte que c'est presque toujours une bonne fortune pour un directeur que la découverte d'un nouvel astre.

L'AUTEUR.

Ma foi, monsieur, ces derniers mots lèvent

tous mes scrupules et j'ose espérer, sans trop
de vanité, que l'examen de cette pièce jus-
tifiera...

JEAN.

Gardez, gardez. A quoi bon la lire? Notre
industrie est loin de marcher au rebours du
progrès des autres ; nous avons découvert un
moyen plus expéditif et plus sûr que la lecture pour juger sainement d'une pièce. Outre une perte de temps considérable, les
jugements que nous rendions n'obtenaient
pas toujours la sanction du public. Loin de là ;
et ce désaccord, au lieu d'une ample compensation à nos débours, nous amenait inévita-
blement la ruine. C'est afin d'obvier à cette
iniquité que nous usons maintenant d'un autre procédé. Vous allez pouvoir sur l'heure
en apprécier vous-même l'avantage. Une seule
et simple question : Êtes-vous né auteur dramatique ?

L'AUTEUR.

Monsieur, je...

JEAN.

Avez-vous l'horreur du style et de l'étude
de la vérité? De nos jours, une œuvre litté-
raire n'est pas plus une œuvre théâtrale qu'un
écrivain dramatique n'est un littérateur. La
vérité n'est jamais pire à entendre que sur les
planches. Ignoriez-vous ce rudiment? Tirer
un dénouement d'un embrouillamini, ne savez-vous pas que le secret de l'art moderne
est dans l'habileté du coup de baguette? Ah!
jeune homme, c'est que nous nous sommes
élevés de l'observation de la nature à la com-
binaison des quiproquos, de la maladresse au
calcul, des incidents aux trucs, de la naïveté
à la prestidigitation! Ainsi va le progrès.
Moi qui vous parle, j'ai pris à tâche, eu vue
d'une prochaine publication, de recueillir en
un catalogue les trucs, les mots, les gestes,
les hardiesses, jusqu'aux situations, aux sentiments, aux cris échappés de l'âme, qui sont
du domaine du vrai au théâtre, à l'exclusion
de tous autres. Sur quoi, tout bien pesé,
Scribe était prédestiné, Molière non. Tout est
là, monsieur; avez-vous la prédestination?

L'AUTEUR.

Moi ! mais, monsieur, je...

JEAN.

La gloire du romancier est dépendante de la volonté humaine, et quelquefois le prix de son opiniâtreté au travail ; mais, je n'hésite pas à vous l'affirmer, le vaudevilliste tient sa mission de Dieu lui-même, comme le roi, l'apôtre, etc. Son essence lui est particulière et surnaturelle.

L'AUTEUR.

J'ignorais jusqu'ici, je l'avoue, monsieur...

JEAN.

Les signes qui caractérisent ces élus éclatent pourtant aux yeux de tous. Sans vous les énumérer avec détail, je me contenterai de vous signaler seulement le premier d'entre eux, le signe le plus évident, celui qui est la conséquence et comme la caution de tous les autres : vous m'avez deviné, c'est le succès. Vous avez beau tourner, cette raison prévaut. Lorsque la popularité s'acharne sur un auteur dramatique, il faut bien y reconnaître l'indubitable effet d'une préméditation divine. La réussite est, au théâtre, la marque souveraine de l'aptitude. Huit ou dix années de triomphes successifs suffisent d'ailleurs à faire prédire d'un homme qu'il est né pour les productions scéniques ; condition sans laquelle, à mon regret, monsieur, l'expérience nous commande de ne répondre à l'offre d'un manuscrit que par un refus suivi d'un congé.

L'AUTEUR.

Quoi ! monsieur, vous...

JEAN.

Pas de découragement. Grâce à Dieu, le roman vous reste. Le roman ! Le refuge des déshérités de la scène et leur fiche de consolation. *Pauci sunt electi.* Faute de vin, buvez de la piquette, et, si le vaudeville demeure inaccessible à vos efforts, point de dépit. Contentez-vous d'écrire une « Eugénie Grandet, » un « Père Goriot, » ou tel autre. Sur ce, ma révérence.

PROLOGUE

PERSONNAGES

HYGINIUS FAX.
CHAMPVEAUPRÉ, oncle de Lisbeth.
ÉLOI, fiancé de Lisbeth.
Maître GRIFFON, notaire.
POMADIN, médecin.
Le second Témoin.
Un Gamin.

ELVIRE, femme d'Hyginius.
LISBETH.
Une Servante.

POLICHINELLE.
LULLA, une fée.
Esprits.

(De nos jours, à Paris.)

PROLOGUE

Au-dessus d'une prairie, au lever du jour.

———

POLICHINELLE, UNE FÉE.

LA FÉE.

Où volez-vous, Esprit, sous cette apparence biscornue?

POLICHINELLE.

Je descends sur la terre, belle fée, fidèle aux caprices divins de notre reine Papillonne, et la bouffonnerie de mon personnage s'accorde voulument avec celle de mon emploi.

LA FÉE.

En vérité? De quoi s'agit-il?

POLICHINELLE.

De bouffonner, belle fée, de bouffonner, à propos d'amour, aux dépens de quelques mortels. Le fils d'un pédant, Hyginius Fax, est fiancé à un sac d'écus nommé Lisbeth. Sottise et vanité appareillent à ravir le couple. C'est ce matin la signature du contrat. Au reste, tout se fût passé sans nul encombre et dans la plus paisible intimité, si notre reine n'avait tout à coup résolu de se payer sur ces bourgeois du mépris où la relègue leur sotte engeance. Elle m'a élu pour cet effet, avec pleins pouvoirs, comptant sur mon esprit pour étriller vertement ces drôles et tirer d'eux une exemplaire réparation. Ma complaisance, vous pensez, ne fera pas défaut. Bien loin de là. Chacun de ces oisons sera daubé à proportion de son mérite, sans partialité ni lésinerie. Que mon antipathie naturelle et renommée pour les intelligences palmipèdes a de quoi s'ébattre là sans scrupule! Il n'y aura sorte de méchants tours que je n'invente. Intrigues et quiproquos vont éclater comme pétards sur la moutonnière compagnie. L'Enfer avec la Mort ont promis leur concours.

LA FÉE.

Et le lieu de cette divertissante équipée?

POLICHINELLE.

Des mieux choisis, la forêt de Fontaine-bleau. Là, pleine et libre exécution de nos projets. Adieu. Je vole y attirer, bourgeois à bourgeois, toute la bande. Et puis, malheur à eux ! La foule des Esprits, ruée à leur poursuite au travers de mille péripéties, s'acharnera à les effarer sans relâche, pour qu'au plus fort de leur affolement... Mais le temps presse, belle fée. Le détail de ce drolatique badinage serait trop long. Un secret pourtant, avant de nous quitter. L'amour n'est pas étranger à nos ébats ; Papillonne est éprise du fiancé. Elle veut même, si je m'en crois, à l'écart du désordre où je vais tout mettre, elle en veut... goûter les prémices, à la barbe de l'accordée. A quels abus de cruauté la vengeance ne porte-t-elle pas les souveraines ! O femme, trois fois femme ! O Papillonne, être fait de caprice ! Être absurde et divin ! qui bouleverserait l'univers sans motif et par passe-temps ! La tête au moindre vent qui souffle, l'œil au premier désir qui vole, un pied de nez à la raison, et, leste ! la voilà qui s'élance à tire-d'aile, plus haut, plus haut, en plein azur, par delà le rêve, jusqu'au fin fond de l'impossible ! Charmant oiseau, vraiment, mais peu fait pour la cage. Sur quoi, l'encage qui voudra. Au diable le bon sens et que ma gaieté en tout ceci soit digne d'elle !

LA FÉE.

Qu'allez-vous accomplir ?

POLICHINELLE.

Curieuse. Répondez plutôt : est-ce d'après l'ordre de Papillonne et quel joyau précieux lui rapportez-vous de ce bas monde en cette cassolette d'or ?

LA FÉE.

· Eh ! justement, Esprit, toute la science du pédant Hyginius.

POLICHINELLE.

Quoi ! Tout entière en ce brimborion ! Que lui avez-vous donc laissé en échange ?

LA FÉE.

La plus plaisante des folies pour un savant.

POLICHINELLE.

Mais quelle encore ?

LA FÉE.

La prétention à la poésie.

POLICHINELLE.

Bosse et bâton !

LA FÉE.

Depuis huit jours entiers, notre homme s'essouffle à rimailler, sans résultat, malgré d'incessants appels aux Muses. Jamais accouchement n'a coûté plus de contorsions et de cris que cette risible constipation. Pareille stérilité désespère le malheureux, dont l'en-

têtement passe l'impuissance. Invocations,
colères restent sans effet. Aussi peu s'en
faut qu'il ne délire.

POLICHINELLE.

Et tout cela ?

LA FÉE.

Pour un quatrain dont il prétend « égayer »
ce soir le repas de noce de son fils.

POLICHINELLE.

Ah ! ah ! ah ! Le plaisant vieillard.

LA FÉE.

Sous-bibliothécaire de l'Institut. Nourri de
grec et de latin. Correcteur, annotateur, épu-
rateur ; inventeur du « vrai texte d'Horace »
et traducteur d'Anacréon. Lunettes d'or,
l'habit fleuri de la rosette. Sciences morales
et politiques ! Pour comble, auteur d'un ramassis de rimes françaises appelé « Dictionnaire poétique » à l'usage des Apollons aux
abois, un œuf que le pauvre chapon a mis

plus de cinq ans à pondre. Ne pouvoir
après cela rimailler quatre vers.

POLICHINELLE.

O châtiment !

LA FÉE, riant.

Adieu, mon bel Esprit.

POLICHINELLE, de même.

A vous revoir, charmante fée.

(La fée s'envole. L'Esprit descend sur la prairie.)

PREMIÈRE PARTIE

LE CONTRAT

SCÈNE PREMIÈRE

Dans les bâtiments de l'Institut. — Un salon.

———

ELVIRE, ÉLOI.

(Elvire, grosse, petite, joufflue, éclatante de dorures, dia-
mantée, toilettée de soie bleu clair, coiffée de roses jaunes
ornées de larges rubans flottants. — Éloi, bébête, inexpressif, pommadé, irréprochable de mise et de tenue.)

ELVIRE.

Eh ! si sa poésie n'est pas faite, on s'en
passera ! Depuis huit jours, que diable écrit-il
donc claquemuré dans son cabinet ? On aurait
mis bas vingt volumes !

ÉLOI.

Neuf heures moins sept, maman, à l'hor-
loge de l'Institut.

3

ELVIRE.

Ils vont tous arriver! C'est à perdre l'esprit! Non, tu verras qu'on devra l'aller prendre de force, si l'on ne veut remettre la signature du contrat ou tout rompre!

ÉLOI.

Oh! maman.

ELVIRE.

Que lui importe, à lui! Quand cette caboche de mulet tient une idée... Il ne bronchera pas qu'il n'ait rimé jusqu'au dernier vers. — Ah! malheureuse! Au lieu de la gaîté que j'espérais en ce beau jour!...

Elle pleure. — Entre Maître Griffon. Calvitie, cravate blanche, petit, ventru, radieux. — Neuf heures sonnent.

MAITRE GRIFFON.

L'exactitude est la politesse... des lois. Votre serviteur, madame, monsieur... Personne encore? A-t-on fait choix d'un restaurant pour notre festival de ce soir? Et notre savant ami? Ah! madame, ces pleurs me rappellent la joie de ma mère à pareil jour.

ELVIRE.

C'est qu'apparemment son mari ne s'y mêlait pas de versifier.

MAITRE GRIFFON.

Mon père, un ancien avoué !

ELVIRE, séchant ses larmes.

Asseyez-vous là, maître Griffon.

MAITRE GRIFFON.

Ce jour, mon contrat signé, l'on se mit à table, où l'on but et mangea joyeusement, cinq heures durant, sans désemparer. Un régal !... Je me souviens de petits pois verts, en décembre ! Sauce Lithuanienne ! Non, je confonds. C'était la carpe.

ELVIRE.

Asseyez-vous là, maître Griffon.

MAITRE GRIFFON.

Mille obligations de vos bontés, madame.
— De plus, une poularde aux champignons...

ELVIRE, à part.

Incorrigible goinfre! — Ah çà! voulez-
vous vous asseoir? (Il s'assied.) Allons au fait.
Votre avis sincère sur le mariage de mon
fils avec Lisbeth?

MAITRE GRIFFON.

Une affaire d'or. La fortune des Champveaupré...

ELVIRE, avec révolte.

La fortu... Par hasard, avons-nous pris
l'intérêt pour guide? Est-ce votre pensée?
Le misérable appât du gain répugne en pareil cas, et y subordonner les sentiments
d'Éloi m'eût semblé indigne, criminel!

MAITRE GRIFFON, s'inclinant.

Maxime antipathique au général des maxi-
mes maternelles, madame.

ELVIRE.

La mienne. Mon fils est là pour l'attes-
ter. T'ai-je contraint dans le choix de ta
fiancée ?

ÉLOI, naïvement.

Puisque tout mon désir était une grosse
dot.

MAITRE GRIFFON.

Désintéressement qui fait votre éloge, madame.

ELVIRE.

Intelligence passe fortune, c'est notre devise.

MAITRE GRIFFON, s'inclinant

De plein droit.

ELVIRE.

Mon mari est une illustration académique,
vous le savez.

MAITRE GRIFFON.

Votre fils avocat, futur attaché d'ambassade...

ELVIRE.

Nous ne sommes pas des gens d'argent.

MAITRE GRIFFON.

...Des gens d'esprit.

ELVIRE.

Et mon fils pouvait épouser une sans sou ni maille, à son gré. Libre à lui. Le cœur avant tout. Je ne me serais point avisée de l'y tyranniser.

MAITRE GRIFFON.

Précisément.

ELVIRE, après une pause

Vous me parliez de la fortune?..

MAITRE GRIFFON.

...des Champveaupré. Un million, madame.

Vrai comme vérité. Un million. Des placements superbes. Une ferme modèle dans la Beauce. Une ferme hors de pair.., comme mademoiselle Champveaupré du reste. Beauté robuste, plantureuse et saine, dressée à l'économie...

ELVIRE.

Deux cent mille livres de dot !

MAITRE GRIFFON.

Soit dix mille francs d'intérêts payables...

ELVIRE.

Hein !

MAITRE GRIFFON.

Je dis: soit dix mille francs d'intérêts payables annuellement, suivant stipulation faite au contrat par le débiteur.

ELVIRE, bondissant.

Les intérêts? Les intérêts à la place du ca-

pital! Dix mille francs au lieu de l'apport réel
et intégral de deux cent mille! Vous plaisantez? Et c'est au moment de la signature!...

MAITRE GRIFFON.

Une décision prise en dernier lieu.

ELVIRE.

Je m'en moque pas mal.

MAITRE GRIFFON.

Allez un peu chapitrer M. Champveaupré
là-dessus!

ELVIRE.

Tout ce qu'il vous plaira, mais sa nièce
n'aura pas mon fils.

MAITRE GRIFFON.

Mais votre désintéressement, madame?

ELVIRE, éclatant.

...ne va pas au delà de mon intérêt, mon-

sieur. Ces gens-là épousables pour leurs beaux
yeux, allons donc! Champveaupré! Un sauvage! Un paysan! Débarqué à Paris depuis
dix jours, dépaysé, geignant sur tout. Rien
à sa guise. Les places, les monuments, les
cours du Louvre, des terrains perdus. La
viande, exécrable; les fruits, à jeter; les légumes, un fumier; la foule, les rues, le bruit,
les voitures... Les maisons trop hautes, les
plafonds trop bas, des prisons. Finalement, ce
gros rustique s'est allé loger hors barrière, au
bout de Passy, pour « respirer. » La petite
est à mille lieues du mouvement. Je l'ai bien
vu ces jours derniers à nos achats de noce au
Bon-Marché. Son mauvais goût éclatait. Il
faudra deux ans pour la dégauchir. Après
tout, la fortune des Champveaupré, la fortune
des Champveaupré... supplée à leur manque
de savoir-vivre. Sans cette compensation, au-
rais-je consenti que mon fils épousât Lisbeth ?
Les intérêts à la place du capital !!!

ÉLOI.

Maman !

3.

ELVIRE.

Il s'agit ici de ton bonheur. Ce n'est pas toi que ce soin regarde. Laisse ton père et moi... Ah ! ton père ! Ah ! celui-là !... J'y cours. Par exemple, il faudra bien qu'il se dépoétise !

MAITRE GRIFFON.

Prenez garde, madame. La colère peut amener une rupture.

ELVIRE, furieuse.

Et adieu la poularde aux champignons.

(Elle sort.)

MAITRE GRIFFON, à part.

Quel caractère !

(Entre Pomadin, un vieux dandy, de quarante à soixante ans.)

ÉLOI, éperdu.

Ah ! monsieur Pomadin ! Ah ! notre ami !

MAITRE GRIFFON.

Fâcheux contretemps, docteur.

ÉLOI.

Et mon beau-père qui n'arrive plus !

MAITRE GRIFFON.

En retard, un tel jour ! C'est inconcevable.

POMADIN.

Que se passe-t-il ?

MAITRE GRIFFON.

Votre coupé est-il en bas ?

POMADIN.

A votre service.

MAITRE GRIFFON, à Éloi.

Courez chercher M. Champveaupré et sa
nièce.

ÉLOI.

Ma fiancée ? C'est contraire aux convenances.

MAITRE GRIFFON.

Préférez-vous une catastrophe?

POMADIN, stupéfait.

Une catastrophe ! mais, m'expliquerez-vous enfin......

SCÈNE II

Un cabinet de travail, vert sombre. Meubles d'acajou. Vis-à-vis du buste en plâtre d'Hyginius, et, comme lui, sur une gaine de bois marbré, le buste du monarque.

————

HYGINIUS, ELVIRE.

HYGINIUS.

A sa table. Le col ouvert, déchevelé, les poings crispés, penché sur un entassement de dictionnaires ouverts, un pèle-mêle de poètes classiques et de manuscrits raturés à outrance. — A un bout de la table, sur un plateau, son chocolat oublié, refroidi.

Rien ! rien ! Hélas !... Huit jours ! huit jours entiers ! Hélas ! hélas !... Pour la première fois, le néant de l'homme m'apparaît. Savoir, tu n'es qu'un mot ! L'universelle science m'a tenté. J'ai lu Columelle. *Legi Justinianum.* J'ai effleuré les arts, et que de fois la

subtilité de mon intelligence sur toute chose
m'a étonné moi-même jusqu'à violenter ma
modestie. Hélas! hélas!... Puis la Métrique
m'a captivé, la Poétique m'a ravi et j'ai passé
ma vie dans l'étude et la contemplation des
grands lyriques. (Il se redresse.)

Je loge à l'Institut. Là, près des Immor-
tels! L'élu des sciences politiques et morales! Voici mes titres! Le commun des
hommes m'appelle un savant. Deux Facultés
aux prises m'ont consulté! sur l'authenticité
d'Homère! Et ma négative a prévalu!!
L'État m'a décoré! L'Allemagne m'envie!
Et depuis huit jours, mes joues creusent et
mon front blêmit. Huit jours de solitude, d'an-
goisse et de désillusion! Huit jours sans avoir
pu trouver le premier mot d'un impromptu de
quatre vers dont je veux égayer tantôt le
repas de noce de mon fils. L'heure approche
et.., ô honte! Cela me déconcerte. D'où
cette retenue de mon esprit? Pareille incapa-
cité me stupéfie. La poésie me serait-elle
inaccessible? Voilà qui bouleverse ma raison.
L'auteur d'Horace et d'Anacréon!... J'ai beau
compulser mon propre dictionnaire de rimes

françaises... Se casser griffe et dent sur une
vétille de quatre vers! Un homme de mon
savoir! On catalogue des phénomènes pour
moins d'anomalie. Trop de scrupule dans
le choix des rimes ou la surabondance de
mes idées obstruent sans doute l'inspiration.
Ferai-je des vers de trois ou de six pieds?
Ma tête s'égare. (Il se lève et s'arrêtant devant une glace :)

Sparsi crines... squalida barba...
Hei ! mihi qualis... quantum mutatus ab illo !...

(Il se promène fiévreusement.) Heureux les siècles
d'ignorance et de superstition, où l'homme,
au désespoir de sa faiblesse, y subvenait par
les miracles de la magie et pactisait avec les
démons. Quel triomphe pour l'orgueil humain,
vaincre l'invincible fatalité des choses! Au
prix du salut, j'en conviens. Mais, baste! ne
jetterais-je pas mon âme au diable en payement de la honte qui m'attend et pour com-
poser ce maudit quatrain? (Criant.) A moi ! A
moi !... (S'arrêtant avec effroi.) Que fais-je? Invoquer
les Esprits! La tête me tourne; si mes collègues des sciences morales et politiques m'en-

tendaient! Qu'est-ce? Ah ciel! Un bruit de pas! On s'arrête à ma porte! On frappe! La science se serait-elle méprise jusqu'ici sur la réalité des apparitions? La Muse me viendrait-elle visiter en personne? Ah! (La porte s'ouvre. Hyginius tombe à genoux. Entre Elvire.) Ma femme! C'est ma femme!...

ELVIRE.

Eh bien! oui, votre femme. Qu'y a-t-il? Qu'avez-vous à me regarder ainsi, à deux genoux, les bras ouverts, la bouche béante? Jolie posture, ma foi, pour un homme de votre sérieux. Perdez-vous la raison?

HYGINIUS, à part.

Ce n'était que ma femme? (Il se relève.)

ELVIRE, avec une colère contenue.

Ah! elle vous a mis en bel état, votre fureur de versification! De mieux en mieux, le déjeuner intact. Parbleu! voilà le secret de votre maigreur. Terreux comme un spectre. Regardez-vous. Plus de sommeil, plus d'appétit.

Rimez, rimez, mon ami, si cela suffit à vous remplir le ventre. Quelle dégradation ! A votre âge, un passe-temps de meurt-de-faim ! Et pendant ce temps-là... (Éclatant.) Savez-vous bien, monsieur, ce qui se passe chez vous, pendant ce temps-là ?

HYGINIUS.

Moins haut. Vous me troublez l'inspiration.

ELVIRE.

On nous pille ! On nous égorge ! Ce Champveaupré n'est qu'un escobard. Tranchons. Le notaire attend pour le contrat. Venez-vous ?

HYGINIUS.

Dispensez-moi de cette formalité secondaire, Elvire ; une plus importante me tient ici.

ELVIRE.

Plus importante !... Ne me poussez pas à bout, monsieur Fax. Marchez.

HYGINIUS, avec fureur.

Eh bien ! madame, non, non, non. Pas avant d'avoir composé ce quatrain. Au prix de ma raison, au prix de mon honneur, au prix de ma vie...

ELVIRE, reculant.

Qu'entends-je ?

HYGINIUS.

... je l'écrirai. Oui, dussé-je périr ici de fatigue et d'abandon, je ne me rendrai qu'au dernier mot. Ma résolution est inébranlable.

ELVIRE.

Sainte Vierge !

HYGINIUS.

C'est une lutte entre la Muse et moi, où mon obstination doit triompher. Une lutte à mort. Et que personne, entendez-vous ? madame, que personne ne s'avise de vouloir m'en dé-

tourner ; l'exaspération me rendrait capable
d'exiger, au lieu d'un quatrain, une ballade.

ELVIRE.

Serait-ce possible ?

HYGINIUS.

Une séguedille.

ELVIRE.

Eh ! *qu'es-aco?*

HYGINIUS.

Un rondeau.

ELVIRE.

Mon ami.

HYGINIUS.

Une églogue ! Une ode ! Une élégie ! Une
tragédie en cinq actes !

ELVIRE.

Miséricorde !

HYGINIUS.

...Et de vouloir pousser jusqu'au poème !

ELVIRE.

Ah ! Seigneur Jésus !... Ah ! misère de nous !... Au secours, au secours... (Elle sort.)

SCÈNE III

Le trottoir devant l'Institut.

———

POLICHINELLE, LULLA.

(Polichinelle sous les traits d'un troupier. Lulla sous ceux d'une soubrette.)

LULLA.

Suis-je à votre convenance ainsi?

UN GAMIN.

Mars et Vénus ! (Il passe.)

POLICHINELLE.

. Méconnaissable, Lulla. Attention sur votre rôle, belle fée.

LULLA.

Rôle fort honorable : entremetteuse.

POLICHINELLE.

Dès que notre imbécile paraîtra... C'est lui.
Bonne chance !

(Paraît Éloi.)

ÉLOI, au cocher de Pomadin, en station devant l'Institut.

Jean, à Passy, rue de la Pompe, 27. D'un
trait.

LULLA.

Monsieur, deux mots, de la part de ma
maîtresse.

ÉLOI, sévèrement.

Mademoiselle ! (Il entre dans le coupé. Lulla se glisse
à côté, ferme la portière, abaisse les stores. Le coupé part.)
(Dans le coupé.) Mademoiselle, je ne souffrirai
pas... Jean, arrêtez. La veille de mon mariage ! Dans le coupé du docteur Pomadin !...
Une telle impudence !...

LULLA.

... Du docteur Pomadin ! Oh ! la la ! Il en a vu bien d'autres, allez.

ÉLOI.

Que voulez-vous dire ?

LULLA.

Un docteur à la mode ! Un spécialiste en vogue ! Et quelle spécialité ! accoucheur des belles dames du noble faubourg... Hum ! hum ! Pas un avènement de marquis, comte, duc ou baron que ce grand polisson-là n'ait secondé et où il n'ait mis du sien. Aussi, voyez ce bel oiseau d'alcôve, toujours coquet, pomponné, jeune et volage, en dépit des ans !...

ÉLOI.

Si l'on peut !

LULLA.

Quant à votre hymen, jeune homme... (Elle le regarde en riant.) Gros bébé, va !

ÉLOI, outré.

Assez, mademoiselle. Descendez.

LULLA.

Une campagnarde, rougeaude et niaise.

ÉLOI.

Pas un mot de plus, entendez-vous ?

LULLA.

Un choix que n'excuse pas même la passion.

ÉLOI.

L'amour vient en aimant.

LULLA.

... Comme le mal de mer en naviguant. Attendre son bonheur d'une ignorante et laide fille de ferme, indigne de ton nom, de ton savoir, de ta personne.

ÉLOI.

Je vous défends de me tutoyer. Indigne de mon nom? Lisbeth?

LULLA.

Le fils du savant Hyginius.

ÉLOI.

De mon savoir!

LULLA.

N'es-tu pas avocat?

ÉLOI.

A cinq boules blanches.

LULLA.

Grâce au docteur Pomadin, qui tenait les examinateurs par leurs femmes.

ÉLOI.

Calomnie!

4

LULLA.

C'est l'apanage du vrai mérite. Pour ta personne, mes yeux te servent de miroir. Regarde.

ÉLOI, avec une certaine émotion.

C'est vous qui êtes très belle. Votre nom ?

LULLA.

Lulla. Écoute, mon chérubin.

ÉLOI, se réveillant.

Non. Non. Laissez-moi. Descendez.

LULLA.

Un moment.

ÉLOI.

Mademoiselle, la haute position de mon père à l'Institut m'a toujours contraint à la plus stricte observation des convenances.

LULLA.

Vous verrez que c'est le modèle des jeunes gens de son âge.

ÉLOI.

Si cela consiste à fuir leur société, hors des cafés et autres lieux de débauche.

LULLA.

Quoi ! jamais de maîtresse ?

ÉLOI.

Par considération pour ma famille, et je ne commencerai pas le jour de mon mariage... Et puis, nous arrivons ! Passy ! mon beau-père !... (Lulla le fixe et lui saisit une main. A ce contact, il tremble, se trouble et balbutie quelques mots.)

LULLA, à part.

L'aventure à mon profit, ce ne serait pas le compte de Papillonne. (Haut.) Écoute, mon petit, auprès de celle qui m'envoie la beauté mortelle est une ébauche. Les plus vantées sur leurs attraits n'auraient garde d'entrer en lutte ; les gouttes d'eau n'ont pas cette folie de se comparer aux étoiles. Mais à quoi bon des mots ? L'harmonie de ses perfections se complète d'une inaltérable jeunesse. Ah !

ton sort dépiterait bien des heureux. Enfin, monsieur, si la servante ne vous paraît pas sans agrément, jugez par elle de la maîtresse.

ÉLOI.

De grâce...

LULLA.

Elle se repose sur moi de vous ménager à tous deux une secrète entrevue.

ÉLOI.

Où ? Réponds.

LULLA.

Minute. Pas avant ce soir. Viens à Fontainebleau. A la gare, un homme t'abordera de ce mot : « Papillonne. » Suis cet homme...

ÉLOI.

Ce soir ! Fontainebleau ! mais c'est impossible. Et ma fiancée ?

LULLA, souriant.

« Papillonne. » Adieu.

(Elle lui coupe la parole d'un long baiser sur les lèvres. La voiture s'arrête. Éloi, en rouvrant les yeux, se trouve seul.)

SCÈNE IV

Un jardin, à Passy.

———

LISBETH, ÉLOI.

ÉLOI.

Monsieur Champveaupré est sorti?

LISBETH.

... respirer un peu le long de la Seine. Il fait toujours ainsi après déjeuner. Entre ces quatre murs, le voisinage de la grande ville le suffoque. Il va rentrer.

ÉLOI.

Respirer! Ne pouvait-il s'en passer pour aujourd'hui?

LISBETH.

Un tête-à-tête de quelques instants vous pèse à ce point, petit mari ?

ÉLOI, à part.

« Une campagnarde rougeaude et bête. » Elle ne ménageait pas les termes; quel événement ! Bah ! une mystification. Ces drôlesses sont capables de tout, maman a bien raison.

(Sous un bosquet, dans une autre partie du jardin.)

LISBETH.

Mon oncle Champveaupré possède la fortune d'un Crésus. Sa ferme modèle vaut presque un million et, grâce à moi, chaque année son rendement s'élève.

ÉLOI.

Grâce à vous, mademoiselle ?

LISBETH.

Mon oncle a l'emploi des épargnes, l'achat et la revente des troupeaux; mais ne sachant ni lire ni écrire, force lui est de me laisser le règlement des comptes, la balance des marchés, le calcul des récoltes et des laines, ainsi que la rédaction des mémoires pour les concours. Nos porcs sont des Berkshire et nos moutons de race lauraguaise. Nous moissonnons à l'aide de la moissonneuse Samuelson. Vous êtes-vous jamais demandé, Éloi, ce que consommait un bœuf par journée?

ÉLOI.

Jamais, mademoiselle.

LISBETH.

Vingt kilogrammes, litière comprise.

ÉLOI.

Litière comprise? Le chiffre est considérable.

LISBETH.

Et quel poids il pesait ?

ÉLOI.

Jamais, mademoiselle.

LISBETH.

Huit cents kilos.

ÉLOI.

Quel poids énorme !

LISBETH.

Et quelle quantité de fumier fournit un cheval par an ?

ÉLOI.

Par an ?

LISBETH.

Oui.

ÉLOI.

Pardonnez-moi, mademoiselle, mais...

LISBETH.

A votre estime?

ÉLOI.

Je crains vraiment de...

LISBETH.

Non, non, évaluez.

ÉLOI.

Mais...

LISBETH.

Pour voir un peu.

ÉLOI.

Trente-cinq...Quatre-vingt-quatorze...Cent seize...

LISBETH.

Dix-neuf mille huit cent soixante kilogrammes.

ÉLOI.

Par an?

LISBETH.

Par an.

ÉLOI.

Mon ignorance me confond.

LISBETH.

Comptez sur mon esprit pour y suppléer, sans aller pourtant vous forger par là que j'aie reçu l'instruction d'une mignarde. La sagesse de l'oncle Champveaupré raisonne juste à ce sujet : L'instruction qui développe nos sentiments nous forme en même temps le goût, et nous incline vers les belles choses dont la convoitise devient dès lors un irrésistible stimulant de dépense. Selon moi, mon ami, ce précepte appliqué à l'élève de nos futurs enfants donnerait des produits de choix et nous vaudrait des médailles, si l'on établissait des concours à cet effet, comme pour les autres animaux.

ÉLOI, à part.

Quel langage, bon Dieu !

LISBETH.

Pour moi, mon enfance s'est écoulée avec les bêtes, dans l'odeur des troupeaux, au chaud des étables, à la pousse-comme-tu-pourras. Dieu sait si ce genre de vie a précipité mon développement. Des bras ! des mains ! des pieds ! des jambes ! Voyez, vous paraissez une fillette à mes côtés. Aussi la direction de notre intérieur m'est acquise de droit. D'ailleurs, croyez-moi, monsieur Éloi, l'autorité de la femme sur le mari empêche au mieux qu'un ménage ne dégénère en « nid à querelles, » comme dit l'oncle.

ÉLOI.

Sans doute.

LISBETH.

Sans compter les autres privilèges de droit d'aînesse que m'octroient mes vingt-sept ans

sur vos dix-neuf. Le notaire et les deux té-
moins seront les seuls invités admis au repas ;
les autres se contenteront de la cérémonie
civile et de la religieuse, où du moins leur
présence nous honorera gratuitement. Quant
au voyage auquel les us du monde vous con-
traignent en pareil cas,

> Nous ferons, comme on dit,
> Trois fois le tour du lit.

ÉLOI.

Ma mère ne se trompait point sur votre
caractère, Lisbeth. Le bonheur de ma vie
m'était assuré par ma soumission· à ses ordres, sans que votre oncle eût besoin de
m'amorcer par l'appât de l'argent.

LISBETH.

Oh ! oh ! monsieur Éloi, la reconnaissance
vous aveugle sur mon bienfaiteur. La ruse se
masque souvent en gros homme. Le vieux
finassier n'est guère susceptible d'une générosité inconsidérée, et son empressement à

5

conclure notre union ne fait que justifier mes
soupçons.

ÉLOI.

Vos soupçons! Expliquez-vous.

LISBETH.

Songez, mon ami, à cette langue de terre
qui coupe par le milieu un de nos champs de
betteraves. Ce lopin a fait jusqu'ici le désespoir de mon oncle; mais ses plus belles offres
pour cet objet de sa convoitise viennent s'a-
chopper sans cesse aux prétentions exagérées
de votre père. Cent mille francs un bout in-
culte qui n'en vaut pas vingt! Le bonhomme
Champveaupré l'aura pour dix, n'en doutez
pas, et toujours grâce à sa nièce.

ÉLOI.

Pour dix !

LISBETH.

En m'accordant à vous, il en exigera la
cession gratuite en retour de son consentement.

ÉLOI.

Eh ! Qu'est-ce auprès des deux cent mille
francs dont il vous dote ?

LISBETH.

... Mais dont les rentes seulement sont exi-
gibles par contrat, les rentes seulement, pe-
sez bien ceci, mon ami. Croyez, d'autre part,
que les premiers dix mille écus payés aujour-
d'hui et le contrat une fois signé, le rusé com-
père ira jusqu'à son dernier jour sans de
nouveau bourse délier.

ÉLOI.

Que me dévoilez-vous ? Vous laisserez-vous
berner ainsi sans recourir aux lois ?

LISBETH.

Un bon procès. Judicieusement vu. Pour
qu'en manière de représailles l'oncle Champveaupré me déshérite.

ÉLOI.

Ainsi l'acquisition de ce lopin...

LISBETH.

...est le seul mobile de sa conduite.

ÉLOI.

Compte-t-il donc pour rien de s'allier à la gloire du savant Hyginius?

LISBÉTH.

C'est assurément la moindre de ses vanités.

ÉLOI.

S'il en est ainsi, le contrat est au moment de se signer, j'y mettrai à temps bon ordre. Je me moque de tous vos beaux discours et je m'accommoderais fort mal d'une belle phraseuse sans l'argent. (Il sort du bosquet.)

LISBETH.

Mon rêve n'a jamais été d'épouser un cuistre. (Elle sort.)

POLICHINELLE, invisible.

Ah! ah! ah! ah! ah! Suprême dissolvant

d'amour que l'intérêt! Cette bonne entente augure bien de l'avenir; et par la triple croche de mon nez, nos amoureux sont de nouveau choix!

SCÈNE V

Chez Hyginius. Le salon.

———

ELVIRE, POMADIN, GRIFFON.

GRIFFON.

Revenez à vous, chère dame. Ce long éva-
nouissement me rappelle les transports d'allégresse de ma mère à l'acquisition de mon
étude. Nous étions à table, et elle m'embras-
sait, en riant, de toute l'effusion dont s'effu-
sionne une mère en pareille solennité.

POMADIN.

Allons, buvez. La chaleur reprend un peu.
Ce n'est rien.

ELVIRE.

Ah ! messi..i..i... (Elle pleure.)

GRIFFON.

Calmez-vous d'abord. Nous mangions, je me souviens, un pâté de chevreuil aux truffes...

ELVIRE.

En quel état ! mon pauvre mari. Hi ! hi !... Vous êtes notre médecin, Pomadin, et son camarade d'enfance... Ce vertigo l'a pris à l'occasion du mariage de son fils.

POMADIN.

Qu'entendez-vous, ma vieille amie, par « ce vertigo ? »

ELVIRE.

Hi ! hi ! hi !... Ha ! ha !...

POMADIN, vivement.

Hyginius indisposé?... Malade?... Mort?...

GRIFFON.

Elle fait signe qu'elle préférerait encore ce dernier cas aux autres.

POMADIN.

Parlez. Vite. Qu'a-t-il?

ELVIRE.

Il a... Ah! maudits soient les vers! maudits soient les vers!

GRIFFON.

Les vers!

POMADIN, feignant un malentendu.

Notre savant ami! Les vers! A son âge! Un mal réputé d'enfance!

ELVIRE.

Hélas!

POMADIN.

Qu'il avale, chaque matin, à son réveil, une décoction d'écorce de grenadier...

GRIFFON.

Comment !

POMADIN.

Ou de mousse de Corse mêlée de rhubarbe. Vermifuges souverains.

ELVIRE.

Un vermifuge à un poète ! Cette plaisanterie m'offense indiciblement, monsieur Pomadin, et mon respect pour la vieille amitié qui nous lie me retient seul d'y riposter avec convenance.

GRIFFON.

Satané gouailleur, va ! De quels diantre de vers parlez-vous donc ?

POMADIN.

Mais des ascarides lombricoïdes qui sont sorte d'entozoaires...

ELVIRE.

Et moi je vous réponds que mon époux

5.

s'est mis en cœur de versifier et qu'il travaille nuit et jour pour devenir poète et que cette folie, à propos d'un quatrain, le mènera jusqu'à l'accouchement de tout un poème !

POMADIN, jouant l'effroi.

Bonté divine !

ELVIRE.

Ma mère qui... hi! hi!.. m'avait mariée à un savant pour me préserver du poète !

POMADIN, avec une emphase comique.

Parmi les maux dont le courroux du ciel afflige l'homme, la poésie, madame, est demeurée jusqu'à ce jour, sans contredit, la plus réfractaire à tout remède. Les pleurs des épouses et des sœurs, la malédiction des parents, la désolation des amis, la faim, la soif, le froid, les mille tyrannies du sort restent jeu pour elle. Elle triomphe de la mort même! Aussi dit-on de la plupart des gens atteints de ce fléau qu'ils « revivent » dans leurs œuvres. — Sur quoi, le seul parti est la résignation. (Elvire sort en fureur. — Tous deux éclatent de rire.)

GRIFFON.

Et de l'esprit comme un démon! Seulement, vous êtes allé un peu loin avec cette pie-grièche. Éternel garnement! Vous aurez donc toujours le même âge?

POMADIN.

Toujours.

GRIFFON, riant plus fort.

De vrai, on ne vous en donnerait pas d'autre.

POMADIN.

Bonne raison pour garder celui que j'ai.

GRIFFON, s'époufant à rire.

Ah! bravo. Ah! très joli. Non, vous êtes bien pour être ce que vous êtes. Ah! ah! ah!...

SCÈNE VI

De Passy à l'Institut, — dans le coupé.

———

CHAMPVEAUPRÉ, LISBETH, ÉLOI.

CHAMPVEAUPRÉ.

L'argent, mes enfants... — Vous vous boudez un brin? Je comprends, la timidité. — L'argent, voyez, tout est là. L'esprit sans argent, un corps sans âme. L'avantage de l'argent sur l'esprit se manifeste à chaque nécessité de la vie. Ah! passe pour l'esprit, sans l'utilité de l'argent. Mais l'argent est utile. Je n'en veux pas à Fax d'être un auteur de livres, quoique le propre de ce métier soit le cerveau mieux approvisionné que la sacoche. Heureusement, le bonhomme Champveaupré n'est pas là pour des prunes... Hé! hé! hé!... Le corps réclame sa pitance, une côtelette par-ci, des haricots par-là, des salsifis, des épinards, du bœuf, du mouton, des pantalons, des souliers, redingotes, chapeaux, que sais-je, moi? A l'infini. On ne peut pourtant pas marcher à cru la peau. Et les fournisseurs ne se payent pas de paroles... Hé! hé! hé! — Vilaine ville! Quel tohu-bohu! — Pensez-vous qu'un homme puisse rester un an sans manger, seulement un an? Répondez! — Est-ce le pont des Arts?

LISBETH.

Pas encore, mon oncle.

CHAMPVEAUPRÉ.

Ils me l'ont donc reculé depuis hier!

ÉLOI, à part.

Elle est grêlée de rousseur. L'air niais. Le nez long. Dieu! en comparaison de l'autre!

CHAMPVEAUPRÉ.

Remarquez bien ceci, Éloi : de bons petits

écus, placés au cinq, font de bonnes petites
rentes dont les revenus font à leur tour de
bons petits écus. Ce n'est pas sans peine qu'on
voit monter le tas des uns et s'élargir les
autres. Cet accroissement simultané fait le miracle de l'économie. C'est réel, cela. C'est pal-
pable. Ce n'est pas un conte; c'est mon histoire. De ces mains-là j'ai, motte à motte et
sou à sou, édifié mon petit pécule. Ma ferme
modèle vaut un million... Hé! hé! hé!... La
femme, voyez-vous, Éloi, est l'antipode de la
fortune. Qui femme a, ruine a. Tout bien en-
visagé, l'aspect d'une femme est peu rassu-
rant pour un homme riche. En fait d'absorp-
tion, une goutte d'eau dans le Sahara, un
million dans la main d'une femme ne laissent
pas plus de trace ici que là. Cette considération m'a garanti plus d'une fois du mariage.
La ruine de feu mon père venait des femmes.
« Ces autruches-là, disait-il, digèrent l'or et
boivent du sang. » Aussi, vive l'argent! Foin
de l'amour! Et Dieu me préserve de la femme!
Ce que j'en dis n'est point pour vous, Éloi:
ma nièce est un autre moi-même pour l'économie, et vous ne pouviez mieux assurer vo-

tre bonheur qu'en l'épousant, à mon défaut, puisque la nature s'y oppose.

LISBETH.

Le pont des Arts. (A part.) Décidément je dirai non. Éloi a l'air d'un niais, avec ses bandeaux.

CHAMPVEAUPRÉ.

Dieu soit loué !

ÉLOI, à part.

Comment aller à Fontainebleau?

(Ils descendent de coupé devant l'Institut.)

SCÈNE VII

Le salon d'Hyginius.

ELVIRE, POMADIN, CHAMPVEAUPRÉ, LE NOTAIRE, UN SECOND TÉMOIN.

CHAMPVEAUPRÉ.

Hé! hé! hé! Pour être demeurée jusqu'à ce jour à l'abri des lois, la poésie n'en est pas moins le pire des maux héréditaires, et je n'assurerai pas la ruine de ma nièce en la donnant au fils d'un homme atteint de poésie.

MAITRE GRIFFON.

Un préjugé sans fondement influer sur une parole donnée!

ELVIRE.

Laissez. J'admire d'ici l'aimable extorque-
rie que ce préambule nous ménage.

CHAMPVEAUPRÉ.

Puisque la prévoyance consiste à bien examiner les pour avec les contre, d'où dépend
la plus ou moins bonne opinion qu'on prend
d'une chose, un cas de poésie suffit, selon
moi, à la déconsidération d'un mariage et le
rend désormais inacceptable, s'il ne s'y mêle
quelque honnête compensation. Telle ici, par
exemple...

ELVIRE.

Attention.

CHAMPVEAUPRÉ.

... La cession gratuite de ce lopin plaqué
comme une plaie sur mon beau champ de
betteraves.

ELVIRE.

Que vous disais-je? Vous nous dévoilez le

secret de votre spontanéité à nous offrir Lisbeth, notre ami. D'honneur! les accès poétiques de mon mari tombent à point. Convenez qu'il se rencontre pour vous dans cette infirmité un sujet opportun d'argumentation.

CHAMPVEAUPRÉ.

Ou vous me donnerez ce lopin, ou vous n'aurez pas ma nièce. Pas de lopin, pas de consentement; pas de consentement, pas de signature; pas de signature, pas de contrat; pas de contrat, pas de mariage. C'est clair, logique, je me fais bien entendre. Ma cervelle n'est point d'un malade, ni mes paroles d'un Iroquois. Je ne m'adresse pas à des sourds. Voilà mon dernier mot. (S'animant par degrés.) Et ni vos regards pleins d'étonnements, ni vos poings fermés, belle dame, ne me le feront changer. On me tuerait sur place avant de me résoudre à reculer ma prétention d'une syllabe... J'étranglerais plutôt...

MAITRE GRIFFON.

Calmez-vous.

CHAMPVEAUPRÉ, criant.

J'étranglerais plutôt le notaire que voici...

MAITRE GRIFFON.

Vous insultez à la magistrature !

CHAMPVEAUPRÉ.

Je dis ma pensée. Voilà tout.

ELVIRE.

Votre cupidité est d'un pince-maille et d'un ladre, monsieur.

CHAMPVEAUPRÉ.

De naturel, je suis tout bonhomme...

ELVIRE.

En apparence.

CHAMPVEAUPRÉ.

A ne pas poser le pied sur une mouche.

ELVIRE.

Peste !

CHAMPVEAUPRÉ.

Mais je me souviens d'avoir pleuré le vol d'un bouvillon autant que la mort de feu mon père.

ELVIRE.

L'honorable trait !

CHAMPVEAUPRÉ.

Bonhomme jusqu'à l'intérêt. J'entends ne rien perdre de mon dû. Chacun pour soi. Manquer une bonne affaire ! Je préférerais mille fois...

MAITRE GRIFFON.

Allons-nous recommencer ?

POMADIN.

Madame, messieurs, au nom du mutuel amour des fiancés...

CHAMPVEAUPRÉ.

Que nous veut celui-ci avec son amour ?

ELVIRE.

Il s'agit bien d'amour.

CHAMPVEAUPRÉ.

Où prenez-vous que le mutuel amour des fiancés fasse le mobile des mariages?

POMADIN, interdit.

Mais...

MAITRE GRIFFON, à part.

Sans conciliation, c'est fait du succulent repas. — Madame, afin de terminer amiablement l'affaire à l'amiable, cédez à sa demande.

ELVIRE.

Jamais! Quelle pitié! Sacrifier le bonheur de sa nièce à l'agrandissement d'un champ de betteraves!

MAITRE GRIFFON.

Monsieur Chamveaupré, renoncez à cette acquisition.

CHAMPVEAUPRÉ.

Jamais. Préférer le malheur de son fils à
la perte d'un... misérable lopin !

ELVIRE.

Misérable ! C'est vous qui l'êtes !

CHAMPVEAUPRÉ.

Madame !

MAITRE GRIFFON.

Allons bon ! j'ai rallumé leur querelle !

ELVIRE.

Notre... lopin vaut cent mille francs.

MAITRE GRIFFON.

Au bas mot.

CHAMPVEAUPRÉ.

Ma nièce en vaut deux cent mille !

MAITRE GRIFFON.

Bien.

ELVIRE.

Deux cent mille dont vous ne nous garan-
tissez que le revenu.

MAITRE GRIFFON, bas.

En tout cas, vous vous rattraperez sur les
espérances.

ELVIRE.

Passe si elles étaient prochaines, les espérances; mais bastionné comme l'est monsieur!

CHAMPVEAUPRÉ.

Bastionné!

MAITRE GRIFFON, alternativement, bas à Elvire
et à Champveaupré.

Un vrai gibier d'apoplexie. — Elle enrage
de votre verdeur. — La nièce héritera avant

un an. — Vous les enterrerez jusqu'au dernier. — C'est un lopin contre un million. — Je lui fais entendre raison. — Nulle inquiétude sur les revenus. — Vous les roulez de belle façon. — Il s'amende. — Elle ne dit plus mot. — C'est conclu. — Hein? — Quoi? — D'accord. — D'accord. (S'essuyant le front.) Ouf! Qu'on me soutienne après cela que la justice n'est pas la mère de la conciliation!

ELVIRE.

Je ne me contredirai pas.

CHAMPVEAUPRÉ.

Ni moi.

ELVIRE.

Le mariage est rompu.

MAITRE GRIFFON.

Un instant!

CHAMPVEAUPRÉ.

Il est rompu.

MAITRE GRIFFON, à part.

Voilà le bel effet de la justice, et mon dîner à l'eau ! Malédiction !

LE SECOND TÉMOIN.

Madame, messieurs, nous nous écartons du contrat.

SCÈNE VIII

Sur la coupole de l'Institut.

———

POLICHINELLE, ESPRITS.

POLICHINELLE.

Holà ! Esprits. (Des vols d'Esprits arrivent de toutes parts.) Approchez, que je vous distribue...

LE CHŒUR.

Silence. Écoutez. D'où vient ce bruit ? Quel hourvari ! Les cris partent de cette fenêtre, là, dans cette cour déserte. Cris de chats écorchés, d'avare qu'on dérobe. Cela glapit, aboie, bêle, brame, brait, parle, se plaint, maudit, gueule, grince, rugit. Tous les cris des forêts, tous les cris des enfers, unis dans

une discordance étourdissante. Ma tête éclate.
Fuyons, fuyons.

POLICHINELLE.

Quelle ridicule panique vous emporte? Ce
sont nos chers bourgeois claquemurés dans
leur salon et luttant d'égoïsme autour du contrat. Allons, approchez, que je vous distribue
vos rôles respectifs. Toi, en groom, au docteur. Toi, au Champveaupré, sous les traits
d'Elvire... A moi, le pédant...

SCÈNE IX

Le cabinet de travail.

———

HYGINIUS, endormi d'accablement dans son fauteuil.

POLICHINELLE, lui apparaissant en songe.

POLICHINELLE.

Salut! Salut! Salut à toi, glorieux Hyginius. Insigne fleur d'Académie. Mes compliments, mon cher, tu n'as rien négligé de ce
qu'il fallait pour t'attirer ma venue. Sache,
ineffable magicien, que les dix-huit oreilles
des neuf Sœurs vont éclater par la violence de
tes appels. Apollon, à l'épreuve pourtant de
pareils bruits, se rend à merci, implorant
comme un bienfait ton silence. Phœbus est

sourd. Calliope est sourde, Melpomène, Érato,
les autres, moi, tout le Parnasse. Les échos
du sacré vallon, exténués, usent leur dernier
souffle à te proclamer « nourrisson des
Muses. » Montre-toi digne de ce titre, Hyginius, autant qu'homme poétisant sous la
calotte de l'Institut.

HYGINIUS, endormi.

Nourrisson des Muses !

POLICHINELLE.

Je l'ai dit, cher homme. Tu peux m'en
croire sur parole.

HYGINIUS.

Nourrisson des Muses !

POLICHINELLE.

Elles m'ont donné l'ordre et le pouvoir de
satisfaire à tous tes désirs, ce dont je m'ac-
quitterai avec scrupule, m'étudiant même à
te prévenir. Souhaite, ordonne, sans m'épargner. Je t'offrirai tous les moyens de mettre

6.

ma complaisance à l'œuvre. Une simple remarque avant tout. Sans t'offenser, ce cabinet est l'endroit du monde le moins propice à l'inspiration. Diantre d'un étroit réduit où l'esprit s'étiole à l'odeur des bouquins! Il faut l'air pur et libre au plein essor de la pensée et la méditation se plaît à l'ombre des grands bois et sous la vastité du ciel bleu. On étouffe ici. Comme dans ton siècle, au reste. L'étroitesse de celui-ci me paraît pire encore, avec sa morgue de progrès. Ah! le progrès! Ne te représentes-tu pas ce pitre vautré dans l'or et tremblant le malaise sous son confortable d'agent de change, l'éteignoir jusqu'aux yeux et débitant ses attrape-niais avec la faconde d'un banquiste, aux claquements d'ailes de toutes les oies? D'ailleurs ni cœur, ni génie. Pour tout idéal, son bien-être; pour ambition, amasser; pour seule espérance, jouir. Jouir! jouir! Le grand mot et la grande chose. Jouir! Ah! le progrès! pauvre hère, à force de cabrioler, le cœur lui a culbuté dans le bas-ventre.

HYGINIUS.

Hélas!

POLICHINELLE.

C'est néanmoins ce grippe-sou-là dont ton époque s'acharne infatigablement à revendiquer la paternité.

HYGINIUS.

Hélas !

POLICHINELLE.

A défaut de ton siècle, afin de t'inspirer, je ressusciterai les véritables temps de poésie. Dans la splendeur de son passé, Venise renaîtra ; la Venise des nuits d'amour, toute vibrante de sérénades et du chant des gondoles au clair de lune. Et l'Espagne ! l'Espagne, docteur ! Je n'en demeurerai pas là. Je t'emporterai, s'il en est besoin, à travers les âges, jusqu'aux sources sacrées d'Aganippe et du Permesse, où tu t'abreuveras à gorge pleine. Dans la limpidité de l'azur grec, la beauté antique t'apparaîtra, lumineuse de nudité, Vénus, dont le sourire inspira l'amour, et aux regards de qui les chants accourent comme

des essaims d'insectes au soleil. Je prétends
tout entreprendre pour la réussite de ton
quatrain. Que dis-je? un quatrain? L'ambition ne vous emporte-t-elle pas toujours au
delà du but proposé et que notre vanité re-
jette, à peine atteint, comme indigne des
efforts qu'il a coûtés? La route tombe à pic,
cher homme, du quatrain au poème. Ajoute
que l'attrait de la gloire passe pour irrésistible. Ah! la gloire! (En lui-même.) Un tas de
gros discours sur un cercueil. (Haut.) L'immortalité! (En lui-même.) Un socle arrosé des
chiens et des passants. (Haut.) La postérité!...
Au fond d'un lointain éblouissant, un plâtre
couronné de fleurs par des coryphées en délire, un soir d'anniversaire, dans une apothéose de Bengale!...

HYGINIUS.

Arrière, tentateur! En dépit de leur séduc-
tion, la réalisation de ces promesses me remplit d'épouvante. Tes conditions d'abord?
Qu'exigeras-tu pour leur entreprise? Mon
âme?

POLICHINELLE.

De la part d'un savant l'offre est plaisante.

HYGINIUS.

Ma reconnaissance?

POLICHINELLE.

Monsieur fait de l'esprit?

HYGINIUS.

Ma fortune?

POLICHINELLE.

Suis-je de ce monde, ô mortel?

HYGINIUS.

Un emploi dans les ministères? Un bureau
de tabac? La croix?

POLICHINELLE.

Rien.

HYGINIUS.

Alerte, partons sans différer!

POLICHINELLE.

Écoute, Hyginius : ce soir, dans la forêt de Fontainebleau, à la Mare-aux-Fées. (Il disparaît.)

HYGINIUS.

Ce soir ! Impossible ! arrête ! (Il s'éveille.)

SCÈNE X

Le salon.

———

ELVIRE, CHAMVEAUPRÉ, MAITRE
GRIFFON, POMADIN, LE SECOND
TÉMOIN.

MAITRE GRIFFON.

Rompu! rompu! Sans l'assentiment du
père... Ce fait est contraire aux lois. Qu'on
aille prévenir notre ami. Justement, le voici :
— Souffririez-vous, illustre Fax... Que vois-
je? qu'est ceci?

(Entre Hyginius, drapé, les yeux hagards, méditant.)

HYGINIUS.

Nourrisson des Muses!

ELVIRE.

Miséricorde ! mon mari est devenu fou !

LE SECOND TÉMOIN.

Madame, messieurs, nous nous écartons du contrat.

ELVIRE.

Ce carnaval en un tel moment! Je rêve. Tombez-vous en enfance? Y suis-je moi-même? Qu'on m'assure que je ne divague pas et que c'est bien là le savant Hyginius, mon époux, membre des sciences morales et politiques. Comptons quatre, pour voir. Un, deux, trois, quatre. Regardez-moi, mon ami. Me remettez-vous nettement? Ceci est le notaire et voici notre ex-futur allié Champveau-pré. Est-il Dieu possible que la poésie vous ait ravagé à ce point !

HYGINIUS.

Le contrat. Vite, signons.

(Accourt une servante.)

LA SERVANTE.

Monsieur Pomadin, monsieur Pomadin.

MAITRE GRIFFON.

Quelque billet doux, je suis sûr.

LA SERVANTE.

Un groom est là, vêtu d'une livrée noire et blanche, avec une lettre à votre adresse.

MAITRE GRIFFON.

Satané polisson, va.

(Pomadin sort à la suite de la servante.)

ELVIRE.

Mais il n'y a plus de contrat, il n'y a plus de signature, il n'y a plus de mariage! Tout cela est fini. J'ai pris sur moi de résister par un refus formel aux exigences outrecuidantes de monsieur. Imaginez-vous que ce gros homme...

HYGINIUS.

Cela se peut.

7

ELVIRE.

Puisque je vous dis que... Vous ne m'accordez pas le temps de m'expliquer.

HYGINIUS.

Concluez à votre fantaisie, Elvire, sans me tenir plus longtemps sur de telles coquecigrues. Je n'entends rien à votre différend, assez. Mon esprit détaché désormais de la pratique, soucieux de la postérité... Le train part à dix heures. Je vous quitte. Adieu.

ELVIRE.

Pour le coup !

HYGINIUS.

Je suis attendu.

ELVIRE.

Aujourd'hui même?

HYGINIUS.

Par une divinité.

ELVIRE.

Une divi...

HYGINIUS.

. Qui doit me conduire au travers de maints romans chevaleresques à la contemplation de Vénus...

ELVIRE.

Plaît-il?

HYGINIUS.

Toute lumineuse de nudité.

ELVIRE.

De mieux en mieux. Du moins, monsieur, dois-je vous tenir compte de votre franchise. Je vois clairement par là que votre indifférence à ce qui nous touche, et ce détachement de la pratique, et ce souci de la postérité ne servaient qu'à couvrir la préoccupation d'un fort beau projet! Ventrebleu, monsieur Fax, il vous prend sur le tard des effervescences bien juvéniles. Votre divinité

exhale un beau parfum d'entremetteuse, et
votre Vénus fleure la chipie. Ah! ménagez
ma fidélité; je ne me trouve ni si déla-
brée, ni si blette que je ne puisse vous payer
au moindre écart d'un prompt et solide en-
cornement. Grâce à vous, le mariage de notre
fils est dans de jolis draps.

HYGINIUS.

Nourrisson des Muses!

ELVIRE.

Ha! je me moque à la fin des Muses! Ce
faux semblant de poésie commence à me lasser. Je sais ce que je sais. Et si vous êtes devenu un nourrisson..., que ne vous remettez-
vous en nourrice!

HYGINIUS.

Ce cabinet est la pire des choses pour l'inspiration. Un agent de change sur les yeux.
L'air plein et libre. Ah! les véritables temps
de poésie! L'Esprit, un Esprit m'a parlé.

ELVIRE, pleurant.

Hi! hi... Plus de doute. Il a perdu la raison.

LE SECOND TÉMOIN.

Madame, messieurs, nous nous écartons du contrat.

(Entre Pomadin, une lettre à la main.)

POMADIN, lisant.

« On vous a remarqué. On vous aime. » Et c'est tout. Quelle discrétion!

ELVIRE.

Ah! docteur, la cervelle lui a tourné.

POMADIN.

« Venez à Fontainebleau aujourd'hui même... à la Mare-aux-Fées. »

ELVIRE.

Lui aussi!

POMADIN.

« *Post-scriptum.* Un homme vous abordera à la gare. Suivez-le. »

CHAMVEAUPRÉ.

La folie se gagne ici à vue d'œil. Un peu de solitude me semble nécessaire. (Il sort.)

LE SECOND TÉMOIN.

Mais nous nous écartons de plus en plus du...

SCÈNE XI

Dans la cour de l'Institut.

———

CHAMPVEAUPRÉ; un ESPRIT,

sous la forme d'Elvire.

CHAMPVEAUPRÉ.

Jamais personne, ici. Respirons. Allons, cette vilaine bique d'enfer me poursuivra partout de ses invectives.

L'ESPRIT.

Ah! ne me fuyez pas, cruel! Resterez-vous insensible à mes larmes? Regardez-les couler, Champveaupré. Je vous en supplie, n'ajoutez pas votre dédain à la douleur dont m'accable l'infortune de mon époux. Juste châtiment de

mes torts envers vous. Que ce misérable lopin, cause de nos débats, vous soit offert en
gage de réconciliation. Acceptez-le, mon
ami, en réparation de mes nombreuses incar-
tades. Ah! puisque vous daignez me payer
ce don d'un service, apprenez, Champveaupré, apprenez un secret sur lequel la pudeur
devrait à jamais sceller mes lèvres, mais dont
votre générosité m'enhardit à vous faire, au
mépris de la bienséance, un complet aveu.
(Lui saisissant la main.) Je t'aime, adorable Céla-
don, je t'aime sans pouvoir m'en défendre,
d'un amour que mes emportements servaient
à te dissimuler, mais sur qui ma raison a
perdu toute autorité. Écoute, Champveaupré,
d'un mot tu peux m'ouvrir le ciel. On vient.
Adieu. (L'Esprit sort. Paraît maître Griffon.)

MAITRE GRIFFON.

De grâce, cher monsieur, votre parafe
sur ce papier, et tout se termine par un succulent repas, entrecoupé d'accolades qu'arro-
seront d'exquises sauces relevées de rasades
des meilleurs crus.

CHAMPVEAUPRÉ.

Que pensez-vous de Mme Elvire, monsieur le notaire ?

MAITRE GRIFFON.

Ce que j'en pense?

CHAMPVEAUPRÉ.

Votre opinion ? D'un mot, comment la trouvez-vous ?

MAITRE GRIFFON.

Flétrie, flétrie, monsieur Champveaupré, une femme de quarante ans dans la flétrissure de ses quarante ans. Belle autant que peut être belle une belle fleur dans la flétrissure de sa quarantaine.

CHAMPVEAUPRÉ.

Non, mais que vous en semble?

MAITRE GRIFFON.

Un gratte-cul, si j'ose dire, un gratte-cul déflorescent, voilà mon terme.

7.

CHAMPVBAUPRÉ.

Eh! c'est de sa vertu que j'entends parler!

MAITRE GRIFFON.

Sa vertu! Une forteresse inattaquable, plus inattaquable qu'une forteresse inattaquable. Honneur, mon cher monsieur, honneur à qui y planterait son drapeau.

CHAMPVBAUPRÉ.

La voici qui revient. Observez-nous de l'intérieur de ce couloir, et aux écoutes. (Entre Elvire.) Madame, l'usage du larmoiement et d'autres simagrées témoigne en amour d'un long exercice, et votre habileté y est consommée. Mon cœur est atteint. Hé! hé! hé!... S'il est vrai que d'un mot je puisse t'ouvrir le ciel... (Elvire lui applique un soufflet.) Les agréments dont les grâces t'ont pourvue... (Autres soufflets.) Oh! eh! doucement! Aïe! peste!... (Elvire sort.)

MAITRE GRIFFON.

Grand merci de la prévenance, le spectacle valait qu'on le vît. (Il sort en riant.)

CHAMPVEAUPRÉ.

Quel contretemps inexplicable!

(Revient l'Esprit, sous la forme d'Elvire.)

L'ESPRIT.

Le notaire nous épiait. Devais-je me trahir à si bon compte?

CHAMPVEAUPRÉ.

En effet, madame, et cet excès de prévoyance justifie vos bourrades. Ah! les femmes de la capitale! Laissez-moi, en acompte de plus suaves... privautés, déposer sur vos purpurines fossettes... hé! hé! hé!...

L'ESPRIT.

Viens ce soir à Fontainebleau. La forêt est propice aux rendez-vous. Tu m'y suivras.
(Elle sort.)

CHAMPVEAUPRÉ.

Maître Griffon n'est qu'un maître sot, doublé d'insolence. En dépit de son prétendu délabrement, cette femme me paraît une fort savourable volaille.

SCÈNE XII

Le salon.

———

HYGINIUS, POMADIN, CHAMPVEAUPRÉ, ELVIRE, MAITRE GRIFFON, LE SECOND TÉMOIN.

HYGINIUS.

O sources du Permesse !

MAITRE GRIFFON.

Non, de mémoire de notaire, jamais signature de contrat ne donna lieu à tant de tergiversations.

HYGINIUS.

O sources d'Aganippe !

MAITRE GRIFFON.

Mon bon ami, au nom des neuf Muses, vos nourrices..., signez ceci.

ELVIRE, pleurant.

Mon pauvre mari... Hi! hi!... Le modèle de la ponctualité. Il avait une manière de vivre, toujours la même. Levé à sept heures, à dix il déjeunait, puis on voyait sa longue redingote errer le long des quais, devant les estampes et les bouquins, jusqu'au premier coup de midi. De même pour le dîner, à quatre heures. La moindre irrégularité l'exaspérait. Le jour suivant recommençait la veille. Tandis qu'à présent... Hi! hi!... Notre maison est, à n'en plus douter, devenue le réceptacle des Esprits. C'est lui qui, par ses cris, nous a attiré cette peste. Un beau résultat de sa poésie et de ses incantations à Permoise, à Agrippine et aux autres Muses!

LE SECOND TÉMOIN.

Messieurs et mesdames, nous nous écartons du...

CHAMPVEAUPRÉ.

Eh! qu'y manque-t-il à votre contrat ?

LE SECOND TÉMOIN.

Peu de chose, en effet.

CHAMPVEAUPRÉ.

Quoi donc ?

LE SECOND TÉMOIN.

Une simple bagatelle.

CHAMPVEAUPRÉ.

Mais encore ?...

LE SECOND TÉMOIN

Moins que rien.

CHAMPVEAUPRÉ.

Nous direz-vous pourtant ?...

LE SECOND TÉMOIN.

Une insignifiante formalité, sans importance.

CHAMPVEAUPRÉ.

Laquelle ?

LE SECOND TÉMOIN.

... Et dont on ferait mieux d'exonérer les mariages.

CHAMPVEAUPRÉ.

Enfin que manque-t-il ?

LE SECOND TÉMOIN.

La signature des futurs conjoints.

CHAMPVEAUPRÉ.

La signature des futurs conjoints ! Hé ! hé ! hé ! Je pensais que tout fût perdu.

ELVIRE.

(Elle sonne. Entre la servante.)

Au fait, où sont-ils les futurs conjoints?

LA SERVANTE.

Chacun d'eux dans une chambre, séparés,

enfermés. M'est avis, madame, qu'il y a de
la brouille dans le futur ménage.

ELVIRE.

Qu'ils viennent sur-le-champ.

(La servante sort.)

CHAMPVEAUPRÉ.

Convenez avec moi, docteur, que le consentement des parents suffirait sans le recours
à celui des contractants. La maturité de
l'esprit garantit aux parents une indiscutable
supériorité de jugement sur de jeunes cer-
veaux inexpérimentés, en proie à l'amour.
Et, en outre de cela, puisque les parents se
sont arrogé de plein droit une complète
initiative dans le choix des époux ou des
épouses et la discussion des intérêts, n'est-il
pas de bonne logique de leur accorder une
égale influence sur l'arrangement ou la rupture d'un mariage, sans l'assentiment et à
l'insu même des parties intéressées et de leur
permettre, en un mot, d'unir leurs enfants en
dépit d'eux-mêmes ? Hé ! hé ! hé !... (A Griffon,

à voix basse.) Maître Griffon, prêtez discrètement quelque attention à ce qui va suivre. (S'approchant d'Elvire, bas et avec galanterie, à l'insu et à l'écart des autres.) Mais comment voulez-vous, mignonne, que nous causions d'amour à Fontainebleau ce soir, puisque... (Elvire lui ferme la bouche d'un soufflet.) Ceci me confond.

MAITRE GRIFFON, confidentiellement à Pomadin.

Docteur, la médisance ne ressort point de mon ressort; mais, entre nous, ce campagnard, au mépris de son mépris du sexe, a conçu un violent amour pour cette vénérable dame. C'est la seconde fois que le hasard me rend témoin oculaire et auriculaire du même châtiment et pour la même impertinence.

POMADIN, feignant de prendre la chose au sérieux.

Compris, cher maître. (A Champveaupré, à l'oreille.) Monsieur Champveaupré, l'honneur vous oblige à tirer l'épée contre le notaire, sous peine de lâcheté. La jalousie le réduit à cette provocation.

CHAMPVEAUPRÉ.

La jalousie !

POMADIN.

Vous aimez tous deux la même femme.

CHAMPVEAUPRÉ.

Sapristi ! Permettez, mais...

POMADIN, même jeu auprès de Griffon.

Vous suivrez M. Champveaupré, sur la
fin du repas, dans un endroit écarté où
vous pourrez, faute d'épées, vous assommer
à l'aise avec des bâtons et terminer votre
rivalité.

MAITRE GRIFFON.

Avec des bâtons ! Permettez...

POMADIN.

Plaît-il ?

MAITRE GRIFFON.

Mais, docteur, je ne suis pas jaloux, moi !

POMADIN.

Alors ce sera... pour la jalousie à venir.

(Entre Lisbeth, suivie d'Éloi.)

LISBETH.

Mon oncle, je ne suis plus dans la résolution de me marier.

CHAMPVEAUPRÉ.

Hein !

ÉLOI.

Ni moi.

TOUS.

Ah bah !

LISBETH.

De sages réflexions m'ont dégoûtée de ce
projet.

CHAMPVEAUPRÉ.

Tiens, tiens.

LISBETH.

La seule pensée m'en fait horreur et je mourrais d'ennui en la compagnie de M. Éloi.

ÉLOI.

Et réciproquement.

CHAMPVEAUPRÉ.

A votre aise.

LISBETH.

La mort me semble préférable. Enfin ce serait m'immoler sans humanité que de lier mon sort à celui de ce coquefredouille.

ÉLOI.

Coquefredouille ! vous l'avez entendue, ma mère ? Et le mien à celui de ce claquet de moulin.

LISBETH.

Deux êtres qui se détestent enchaînés à perpétuité !

ÉLOI.

Les accouplements des bagnes soulèvent moins de pitié.

LISBETH.

Vous m'avez tenu lieu de père. Au nom de vos bontés, mon oncle, exaucez-moi.

ÉLOI.

Au nom de mon bonheur, ma mère, disposez mon père en ma faveur.

CHAMPVEAUPRÉ, à Lisbeth.

Écoute, un mot de plus, je te déshérite, je te chasse pour jamais de chez moi.

HYGINIUS, à Éloi.

Monsieur, les suites de cet entêtement vous deviendraient funestes. Votre persistance dans ce refus me ferait manquer l'occasion d'un quatrain d'où doit résulter pour moi une gloire sans exemple. Attendez-vous à ma malédiction.

ELVIRE, à elle-même.

Tout en préservant mon honneur, si j'exploitais habilement le goût que ressent pour moi ce gros homme, je le pétrirais à ma fantaisie et j'assurerais par là le payement annuel des dix mille francs et le legs universel de sa fortune à notre bru, auprès de qui nous finirions nos jours dans l'abondance.

ÉLOI.

Et vous, ma mère?

ELVIRE.

Mon fils, votre bonheur est attaché à cette union. Croyez-en les sollicitations désintéressées de celle dont vous faites le seul souci.

(Ils signent.)

CHAMPVEAUPRÉ, à part.

A moi le lopin!

POMADIN, à part.

Mon rendez-vous!

GRIFFON, à part.

Mon dîner! (Haut.) A propos, a-t-on fait choix d'un restaurant pour le festin?

HYGINIUS.

Fontainebleau.

ELVIRE.

Une banlieue! mon ami, y songez-vous?

POMADIN.

Ne voit-on pas à chaque instant, madame, des gens se réunir pour aller festoyer hors de Paris?

ELVIRE.

Lisbeth, la fleur d'oranger au front, en chemin de fer! Aura-t-elle seulement le temps de changer de costume?

GRIFFON.

Le fait est qu'un repas de noce à Fontaine-bleau...

POMADIN.

Qu'importe, si le restaurant y est de premier choix.

GRIFFON.

Vous m'en direz tant.

POMADIN.

Et la dépense moindre que sur les boulevards.

GRIFFON.

Considération considérable.

POMADIN.

Je ne sais pas d'endroit plus convenable.

TOUS.

Ni moi.

ELVIRE.

Sainte Vierge ! Ils sont tous frappés !

HYGINIUS.

Dépêchons. La mairie ! L'église !

TOUS.

En route.

CHAMPVEAUPRÉ, à part.

Un duel ! Quel malheur qu'une reculade en pareil cas se nomme lâcheté et qu'un terme si méprisant serve à désigner un acte de si haute sagesse !

GRIFFON, à part.

Je tâcherai de m'esquiver.

CHAMPVEAUPRÉ, à part.

Comment l'égarer ?

LE SECOND TÉMOIN, avec emphase.

Embrassez-vous, jeunes hyménéides...

(L'émotion lui coupe la voix.)

8

POMADIN, l'imitant.

Ah ! mes amis, mes chers amis, vivent les mariages d'inclination !

(Tout le monde sort.)

POLICHINELLE, surgissant.

Oh ! la la !

DEUXIÈME PARTIE

FANTAISIE

PERSONNAGES

PAPILLONNE.

LE PRINCE CHARMANT.

POLICHINELLE.

SATAN.

LA MORT.

MÉPHISTO.

LULLA.

LE GRAND MAÎTRE DES CÉRÉMONIES.

UN ENCHANTEUR.

FÉES, LUTINS, SYLPHES, GNOMES,
   ENCHANTEURS...

Au pays de Fantaisie.

SCÈNE PREMIÈRE

Une salle dans le palais de Papillonne.

FÉES, LUTINS, SYLPHES.

UNE FÉE.

Lulla n'a point perdu de temps là-bas. Elle revient fournie de détails sur les mœurs et le caractère de ses hôtes à en lasser la curiosité de notre reine. Le sort des humains intéresse Papillonne même au delà de son propre aveu. Ah! sans l'amour qui la presse pour cet enfant, notre réjouissant projet de vengeance tombait en oubli et pour jamais.

CHŒUR DE FÉES.

Tant est vivace encore en elle, comme en

8.

nous, notre inépuisable affection pour les hommes !

CHŒUR DE SYLPHES.

Votre sensiblerie, belles Fées, à l'endroit de cette race stupide et méprisable, témoigne, soit dit sans intention blessante, de plus de bonté que de sagesse.

LE CHŒUR DES FÉES.

Ils nous plaçaient jadis sur des autels,
Gardiennes tutélaires de leur patrie ;
Et notre intercession constante et nos bienfaits
Répondaient à la sincérité de leurs prières !
Jamais un vain appel à nos pouvoirs.
Nos rôles étaient aussi multiples que leurs désirs.
Telles que des abeilles sur des fleurs,
Nous essaimions autour des nouveau-nés,
Écartant des berceaux les maléfices.
Nos poétiques rondes, sur les bruyères,
Au clair de lune, rassuraient contre les Malins ;
Ou, pour venir à bout des dédains de l'amour,
Nous versions dans le cœur des dédaigneuses
Le philtre subtil qui fait aimer.
Le détail de nos services est infini.
Dans la lutte atroce de la vie,
L'homme sentait notre aide à ses côtés,

Et quand ceux qui pleuraient v n 'ent à nous,
Dans la solitude des bois, sous l s chênes,
La tendresse de nos voix et de nos conseils
Fortifiait leur cœur contre l'avenir.
Enfin à plus d'une, parmi nos sœurs,
L'amour conseilla des hymens terrestres.
L'exemple de Papillonne fut suivi,
Qui s'offrit en épouse au Prince Charmant
Veuf, inconsolable de sa Florine,   .
— Touchée de pitié pour sa grande peine !

CHŒUR DE SYLPHES, ricanant.

Inconsolable, sans contredit... Mais dont
les joies du nouvel hymen ne tardèrent pas
à sécher les larmes.

CHŒUR DE LUTINS.

Taisez-vous, Sylphes.

                              [Lares !
Les petits dieux aux tours malins, les dieux du foyer, les
Notre pétulance d'esprit réjouissait la ménagère.
Sa chaumine était notre temple,
Où nous avions heurté une nuit d'hiver
Que le froid sifflait par la campagne.
Contents pour toute offrande d'un peu de lait,
L'entretien de son ménage nous payait.
Quelle surprise, à son réveil, tout était prêt !

Le mobilier rangé ! La vaisselle nette !
— Que de fois la mauvaise humeur de l'époux   [tude,
Après la rude suée du jour, dans l'hébétement de la lassi-
Se dissipait à nos joyeuses galopades sur la braise,
Au pourchas sans fin des salamandres.
La douceur de nos chansons berçait le petit enfant,
Ou bien nos farces révolutionnaient la maison.
Ah ! blottis alors dans une fente du mur,
Au fond d'une fleur, sous le couvercle du pot au beurre,
La cape jusqu'au nez, narguant l'orage,
Nous éclations sur le bel effet de nos malices.
— Souvent, se soulageant à l'épais d'un fourré,
La grosse Jeanne, un pied de rouge sur les joues,
Eut pis que mal à dire de nos yeux indiscrets.
Mais le pardon suivait de près l'offense.
Son instinctive tendresse nous réconciliait la femme
Et, malgré tout, elle nous chérissait sans réserve.

Hélas ! hélas ! Des cuistres en froc, tête rase,
Crossés du goupillon, méchamment, niaisement,
Nous chassèrent un jour de sa chaumine !
— Hélas ! et bientôt aussi de son souvenir !

CHŒUR DES SYLPHES.

Que ne partagiez-vous, Lutins, la sincérité
de notre haine pour les mortels. Nous avons
toujours vécu loin d'eux, comme hors des

atteintes d'un fléau, dans l'épouvante de leurs vices et la défiance constante de leur méchanceté; tapis dans les lieux sauvages, tout entiers à la contemplation de la nature dont le spectacle nous frappait d'extase. Sans cesse à la recherche des solitudes, notre misanthropie nous avantageait d'émotions sans mélange, tout en nous épargnant, convenez-en, bien des regrets. Aussi, avons-nous beau ramener notre mémoire sur le passé, le charme de nos souvenirs n'est mêlé pour nous d'aucune amertume.

SCÈNE II

La chambre de Papillonne.

———

LE PRINCE CHARMANT.

LE PRINCE.

Que vois-je? Ma statue enlevée de son piédestal! Ma statue! Le simulacre en cire de ma
merveilleuse personne, au pied duquel ma
femme avait l'habitude de passer de longues
heures de contemplation! Expulsé! Chassé
d'ici! Sur l'ordre de Papillonne sans doute!
Ce nouvel indice est concluant; je sens re-
naître ma jalousie. D'un autre côté, l'inclination de la Reine pour le fils du pédant est une
supposition dont le ridicule éclate. Sacrifier
le Prince Charmant à un freluquet... — Ma

femme! Oh! une idée! (Il grimpe vivement sur le piédestal, où il se pose en une attitude héroïque.) Petite supercherie de mari jaloux, bien légitime.

(Entrent Papillonne et Lulla.)

PAPILLONNE.

Trève de raisonnements, Lulla. Je ne te donnerai pas de repos que tu n'aies satisfait à toutes mes questions sur lui! Tu ne peux concevoir à quel point il m'occupe. ¡

LULLA.

Vous plaisantez, madame?

PAPILLONNE.

Je n'ai tout d'abord prétendu abuser d'É-loi qu'afin d'ajouter aux noces de ces bour-gois une mésaventure des plus cruelles; mais, à force de nous entretenir de ce projet, mon imagination a fort bien pris le change. Tous mes efforts ne parviendraient pas à chasser ce cher intrus de ma pensée. Impossible dé-sormais de revenir de cette folie, à qui je sa-crifierai repos, honneur, fidélité au Prince...

LULLA, avec effroi.

Madame! La statue de cire a fait un geste!

PAPILLONNE, sans l'écouter.

Puisque tu as eu le bonheur de le voir, de l'entendre, sans retard, ton opinion sincère sur son esprit? Du premier mérite, dis, et fort au-dessus de l'ordinaire des esprits terrestres?

LULLA.

Pas le moins du monde, madame. Je regrette que ma réponse soit si peu conforme à vos désirs. L'esprit de cet Éloi ne m'a frappée que par sa seule absence. Sous ce rapport-là, du moins, tenez-le pour des plus remarquables.

PAPILLONNE.

Si d'autres qualités suppléent à cette lacune?

LULLA.

..Oh! madame, un coup d'œil suffit à appré-

cier le damoiseau. La platitude du « fils de
famille, » correctement étalée sur toute sa
personne, en fait une si parfaite insignifiance
de journal de modes ! Un vrai visage de peinture, aussi inexpressif de nuque que de front,
et...

PAPILLONNE.

Tant mieux, après tout. L'amour d'une
femme transfigure en l'embellissant celui
sur lequel il rayonne. Première maxime du
cœur. L'ignorais-tu, Lulla ?

LULLA, riant.

Allons, je cède à Votre Majesté. Car je vois
bien qu'en fin de répliques et d'arguments,
la victoire vous est échue d'avance.

PAPILLONNE.

Je l'aime.

LULLA.

Adieu l'honneur du Prince ! Je me tais.
A quoi bon opposer à l'impétuosité de vos
sentiments la rigidité des devoirs matri-

moniaux, la confiance du Prince en la foi
jurée, etc., etc. Peine perdue. Autant jeter
bois sec sur braise. Seulement, madame, pre-
nez-y garde.

PAPILLONNE.

Qu'ai-je à craindre?

LULLA.

Tout, de la part d'un mari jaloux.

PAPILLONNE.

J'aurais si facilement raison du mien.

LULLA.

Comment?

PAPILLONNE.

Ce n'est pas sans honte que je le confesse,
Lulla, mais si le Prince s'avisait de me faire
obstacle, je n'hésiterais pas à le priver du don
que je lui fis il y a deux mille ans de l'immortalité et à lui rendre sa nature première,
au risque, dans ce cas, de le réduire du coup
en un tas de cendres, car je n'imagine pas

qu'il reste autre chose des mortels qui vivaient
à la célébration de nos noces.

LULLA.

Madame! La statue! Regardez! Ses joues
sont couvertes de larmes! Elle pleure! Son
front ruisselle. Elle sue! D'honneur, on dirait
qu'elle fond! Ses jambes titubent!

PAPILLONNE.

Viens, Lulla. Que ne m'a-t-on débarrassée
déjà de cet objet d'horreur! Mes nains seront
punis pour cette désobéissance.

(Elles sortent.)

SCÈNE III

Au fond d'une galerie retirée du palais.

———

LE PRINCE CHARMANT, POLICHINELLE.

POLICHINELLE, entrant.

De retour de mon ambassade, j'accours saluer Votre Majesté...

LE PRINCE, à part.

J'avais le pressentiment du malheur qui m'accable.

POLICHINELLE.

Prince Charmant, je...

LE PRINCE.

Mon indiscrétion ne me laisse désormais
aucun doute possible. Grâce au ciel, la chose
est nette. L'aveu que je viens d'entendre est
sorti de la bouche même de l'infidèle, sans
amphibologie ni amphigourisme. Il n'était
pas question là dedans de tromper le Grand-
Turc ou de marier le Pape avec la Républi-
que. Ma femme est manifestement éprise
d'un mirliflore terrestre à qui elle est résolue
de sacrifier mon honneur cette nuit même.
Ce n'est pas là matière à controverse, et toute
la rhétorique du monde ne pourrait faire que
je n'aie entendu ce que je viens d'entendre.

POLICHINELLE, à part.

Comment! Il est au courant!

LE PRINCE.

L'infériorité de mon rival n'en reste pas
moins certaine, je suis en droit de le penser,
et je ne suppose pas à celui-ci la témérité
d'affronter jamais une comparaison avec le

Prince Charmant..., ce qui n'empêche pas la Reine de vouloir me réduire en cendres si je m'avise de m'opposer au beau dessein qu'elle a formé. Foudre et tempête!!!

PULICHINELLE, à part.

Aïe, aïe, aïe! (Il s'esquive en riant.)

SCÈNE IV

Un bosquet dans les jardins.

———

LULLA, FÉES, SYLPHES, LUTINS.

LULLA.

Que vous dirai-je de mes impressions de voyage ? La rage du trafic sévit d'un pôle à l'autre de la boule...

POLICHINELLE.

Effectivement, et la terre a pris dans l'univers l'aspect d'un rendez-vous de commerçants. On y trafique à gogo de toutes choses. L'appât de l'or y cause l'accomplissement de merveilles. Sentiments et passions, à l'exem-

ple de véritables marchandises, sont exploi-
tés en légumes secs ou baudruches. Ni plus
ni moins ! Je gage qu'un être tombant des
nues, sans rien d'un homme que la forme,
mais muni d'une bourse ronde pleine, trou-
verait là-bas mille occasions de se pourvoir
d'honnêteté, de vertu, de considération, d'esprit, de cœur, d'amis, de femmes, de croix
d'honneur, d'opinions politiques et de conscience ; car, encore une fois, toutes ces choses
y sont à vendre, et bien d'autres, et par pro-
fusion, et à vil prix et n'attendent que l'ache-
teur.

LULLA.

Maudit bavard !

POLICHINELLE.

Encore, tout sacrifier au désir de la fortune,
passe ; mais vivre la vie entière à désirer !
Gloire en ceci à l'intelligente sévérité du ciel :
étant insatiables, les hommes perdent le temps
de toute jouissance. Ah ! révérendes dames,
l'avidité d'un mortel qu'embrase la fureur du
bénéfice ! Quel spectacle ! Au delà de toute

imagination. Un tel homme! Le ciel lui ver-
serait en vain ses étoiles en monnaies blanches, et je joue mon bâton contre un sceptre
et le plus long serment de femme contre un
saut de puce que la lune lui roulerait, ronde
comme écu, dans le gousset sans lui faire de-
mander grâce !

LE CHŒUR, gaiement.

En vérité?

POLICHINELLE.

Avec cela, que la nature en soit réduite à
se passer de contemplateurs, rien d'étonnant,
vous le comprenez, Sylphes? Fées et Lutins
feraient là-bas d'assez piteux personnages.
L'importance se jaugeant à l'utilité, la science
a pris le pas sur les arts.

LE CHŒUR.

... Grâce à l'utilité pratique de ses décou-
vertes?

POLICHINELLE.

Précisément.

9.

LE CHŒUR.

Conclusion?

POLICHINELLE.

Conclusion...

LE CHŒUR.

Notre discrédit a pour raison que nous sommes, de nature, incommerçables et d'un placement sans rapport.

POLICHINELLE.

Que voulez-vous?

LE CHŒUR.

Philistins, boutiquiers...

POLICHINELLE.

Ah! dame, l'esprit du monde est à cette heure diablement tourné vers le positif, le pratique et le nécessaire. Petits et grands ne s'entichent plus de chimères. Il y a beau temps que les nourrices contaient; aussi, sous

peine de risée, artistes et romanciers se gar-
dent de mêler de vos exploits aux peintures
ou aux écrits dont ils régalent leur clientèle.

LE CHŒUR.

Quels monstres sont-ce donc ?

POLICHINELLE.

Comme qui dirait des croque-fées, sans la
moindre vergogne à notre endroit et qui ne
se feraient pas plus de scrupule d'écraser un
Sylphe entre les deux pouces, qu'une catin de
protester de son honneur ou un avocat de sa
franchise.

LE CHŒUR.

Brrrrrr...

POLICHINELLE.

Nulle crainte. L'arrivée prochaine de Satan
parmi nous met dans ce palais tout le monde
en fête. Ce puissant monarque vient assurer
la descente nocturne de Papillonne et des
nôtres sur la terre contre toute rencontre fâ-

cheuse, réaliste ou autre. Autour de vous, regardez, belles dames, jubilation universelle. Du premier important au dernier marmiton, de bas en haut, par toute la royale demeure, illumination de riants visages. De fait, cette visite est du plus grand honneur pour nous. La Reine n'en tient pas de joie et d'impatience. Pour la distraire de l'attente, je viens d'organiser dans la salle du trône, où elle va se rendre avec toute la cour, un divertissement composé de ballets et de pantomimes dont la vue ne saurait manquer de dissiper votre mélancolie et de disposer vos esprits à plus de gaieté que vous n'en avez témoigné jusqu'ici.

(Paraît le Prince Charmant.)

LE PRINCE.

Holà, bouffon ! (Il sort.)

POLICHINELLE.

Notre gracieux souverain ! Que sa mine renfrognée et soucieuse contraste singulièrement avec l'allégresse générale... Et non sans cause ! (Il sort.)

SCÈNE V

Une antichambre dans le palais.

———

UN ENCHANTEUR, DEUX GNOMES

PREMIER GNOME.

Pauvre enchanteur ! Sais-tu la nouvelle ?

SECOND.

Sa femme a disparu ce matin.

PREMIER.

Avec un autre, oui.

SECOND.

Tu appelles cela une nouvelle ? Chut ! Le voici.

L'ENCHANTEUR.

Je vous avouerai, entre nous, que, malgré tous ces préparatifs, l'arrivée de Satan ici me laisse fort incrédule, et je ne me rendrai là-dessus qu'à l'évidence.

PREMIER GNOME.

La raison?

L'ENCHANTEUR.

Ce n'est pas l'habitude des souverains de première puissance de montrer tant de condescendance envers ceux qu'ils priment, et on les voit rarement consentir à s'expatrier pour venir se mettre à leur service.

SECOND.

En effet. La galanterie est d'ordinaire en cela subordonnée à l'étiquette.

PREMIER.

Un mot va vous éclairer tous deux. Le vieux larron est amoureux fou de notre Reine. Motus sur cette petite indiscrétion.

SECOND.

Une passion de fraîche date?

PREMIER.

Un béguin qui remonte à près de neuf cents ans. Ce fut une nuit de sabbat, au fond d'une forêt de France, où la curiosité poussa la charmante Fée. Satan la voit et s'en éprend. Mais elle y répondit par une indifférence désespérante, tout occupée, d'ailleurs, de son alliance avec le prince Charmant, que rien à ce moment ne l'eût fait trahir. Aujourd'hui, la lassitude et la monotonie d'un long hymen assurent plus de chance au galant.

L'ENCHANTEUR.

Suffit. La Reine est prise.

PREMIER.

Moins que jamais.

L'ENCHANTEUR.

Je connais les femmes. Qui peut les empêcher de se donner à un amant?

PREMIER.

Le désir de se donner à un autre.

SECOND.

Le bruit court d'un caprice de la Reine pour le fils d'un mortel. Satan s'en reviendra Satan comme devant.

PREMIER.

Non toutefois sans avoir rusé.

L'ENCHANTEUR.

Contre une femme ? Pauvre diable !

PREMIER.

Voyez Ève, pourtant.

SECOND.

Justement. Une revanche à prendre.

L'ENCHANTEUR.

Un même sort heureux accordera les deux galants ; voilà mon avis sur la Reine.

PREMIER.

Que vous a donc fait ce pauvre sexe pour tant de mépris?

L'ENCHANTEUR, avec emportement.

A moi? que voulez-vous dire? expliquez-vous.

SECOND, bas.

Assez. Prends garde.

UN SYLPHE.

Silence! La Reine.

(Papillonne traverse la scène escortée de toute la cour. Ils sortent à sa suite.)

SCÈNE VI

Dans les airs.

——

SATAN, MÉPHISTOPHÉLÈS.

MÉPHISTO.

Que dirait le monde à vous savoir épris de cette petite Fée ! Vous ! vous !... Je vous le répète, courir le guilledou à votre âge, c'est indécent ; dans le mauvais état de vos affaires, impolitique ; et avec un être d'essence inférieure, humiliant. Noblesse oblige, sarpejeu ! De la dignité, Excellence. Songez à la dignité. Dans votre situation, le moindre acte de faiblesse autorise le ridicule. Finissez finalement par vous ranger à la conduite d'un prince réduit au prestige de son passé comme

unique soutien contre la ruine de son crédit.
Le prestige du passé : tout votre arsenal est
là, il n'y a pas à s'en dédire. Croyez-en la
clairvoyance d'un ministre soucieux de votre
renommée.

SATAN.

Nous touchons, fifils, au but du voyage
et ce que je distingue là-haut, par delà les astres, en plein azur, m'a tout l'air du royaume
de Fantaisie, où m'attend l'incomparable idole
de mon cœur.

MÉPHISTO, avec humeur.

Incorrigible ! Vous êtes incorrigible !... Et
n'était le respect dont la hiérarchie me fait
loi, j'irais presque à dire... indécrottable !

(Ils passent.)

SCÈNE VII

[Un cabinet retiré.

———

LE PRINCE CHARMANT, POLICHINELLE.

(Ils entrent.)

LE PRINCE.

Tas de cendres ou cocu! Toute la question est là! Effroyable alternative! Tas de cendres ou cocu! Cocu ou tas de cendres! C'est la conséquence d'une alliance au-dessus de ma condition. Ah! ah! Hélas! mon Dieu! que n'ai-je préféré demeurer veuf, ou, pour consolation, prendre, au lieu d'une habitante de l'azur, une femelle de la terre, en chair et en os, de mon métal.

POLICHINELLE, finement.

L'alternative eût été moins douteuse.

LE PRINCE.

O rage ! Ne pouvoir rendre mal pour mal;
sans autre ressource contre un pareil coup du
sort que la conscience de ma faiblesse. En vérité, l'idée d'une Providence, régulatrice om-
nipotente, me semble par moment une imper-
tinente utopie inventée pour la seule excuse
des gens heureux.

POLICHINELLE.

Prince!

LE PRINCE.

Vengeance ! Cruauté! Férocité! Seuls véritables soulagements dans la peine ! Je vou-
drais que l'abondance de mes larmes, propor-
tionnée à ma douleur, noyât l'immensité sous
une épaisse étendue d'eau amère, où flotte-
raient en charbons fumeux les débris des
mondes éteints! Ah! Pol, que ne suis-je une

meule énorme pour me rouler à plaisir sur
l'univers et sentir savoureusement s'écraser
sous moi toutes les choses!

POLICHINELLE.

Prince Charmant!

LE PRINCE.

Imbécile, tais-toi. Ne me nomme plus ainsi.
L'ironie de ce qualificatif m'exaspère. Charmant! Ai-je jamais été digne de ce titre? J'en
suis là, Pol, à douter de mes mérites passés!

POLICHINELLE.

Comment douter de vos mérites, étant
prince?

LE PRINCE.

Charmant! Charmant! De ce détestable mot
découlent tous mes malheurs. Ma destinée est
une destinée hors d'exemple. Il faut que je
naisse le plus séduisant prince du monde, beau
comme le jour, orné de toutes perfections,
chef-d'œuvre accompli de la nature, pour

combler les vœux d'une princesse Florine,
après avoir voleté au travers de mille aventures sous la forme d'un oiseau bleu, et devenir, aussitôt après la mort de mon infortunée,
l'idolâtrie d'une fée qui m'enlève à la terre,
m'immortalise, m'associe à sa royauté et finalement, au bout de quelques siècles d'un bonheur domestique sans égal, me préfère un
être de rebut et le moins propre à me planter
au front... Et sur la moindre opposition... Foudre et tonnerre!!! Tas de cendres ou cocu. Je
mets au défi le sort d'inventer rien de plus
cruel. Quel parti prendre? Cocu?

POLICHINELLE.

Avec l'église et la mairie, la cocufication
m'a paru sur la terre la troisième cérémonie
constitutive de tout mariage; les dames du
moins ne ménagent point leur zèle pour ajouter à la vraisemblance. Les hommes, après
quelques faux semblants d'aversion, finissent
par s'en accommoder à qui mieux mieux,
comme du complément naturel de leur nouvelle condition, qui la parachève et y occa-
sionne, le plus souvent, et l'abondance et le

bonheur. Où s'arrêtera dès lors le nombre des cocus? Au nombre des maris? Au delà, c'est à croire. Philosophons. C'est merveille avec quelle perfection les émotions de l'âme se trahissent sur le visage; en tristesse ou gaieté, selon le cas. *Ergo,* suivez-moi bien, maître, *ergo,* visage heureux, annonce d'heureuse vie. *Ergo,* tenez ceci pour convaincant : Les gens les plus superbement montés en andouillers sont les plus rayonnants de béatitude, de confiance et de sérénité, ce qui prouve manifestement l'excellence de l'état cocufique, et, par déduction logique, quelle faveur le ciel accorde à ceux qu'il y convie. *Multi sunt electi;* où trouver un plus évident, plus édifiant, plus éclatant témoignage de la bonté d'En-haut?

LE PRINCE.

Tas de cendres?

POLICHINELLE.

Tas de cendres ne me semble; d'autre part, ni si rebutant ni si redoutable. Force gens,

je le sais, prétendent avoir leurs raisons pour
répugner à cet état ; mais le bonheur qu'ils y
goûtent, sitôt entrés, leur ôte pour jamais l'envie d'en sortir. Et puisque c'est la seule condition dont on ne vit jamais mortel se lamen-
ter, il faut bien conclure qu'elle est la seule
compatible avec la plénitude de leurs besoins.
Outre que réduit en tas de cendres reste l'unique moyen pour un mari d'éviter ce que Votre
Majesté appréhende tant. Aussi, tout bien
considéré, l'indécision où je vous vois, Sire,
me viendrait bien plutôt de l'embarras que
de l'appréhension du choix.

LE PRINCE.

Va-t'en, caboche de rhéteur. La solitude
m'inspirera mieux que tes raisons. Sors, te
dis-je, ou je tranche d'un coup d'épée tes deux
bosses.

POLICHINELLE.

Merci de la platitude !

(On entend une musique.)

10

LE PRINCE.

Quel est ce bruit?

POLICHINELLE.

Selon toute apparence, Sire, un bruit de musique dont se régale votre capricieuse moitié en attendant l'arrivée de la Mort et de Satan, qui doivent, à ce qu'on dit, assurer le succès de la petite entreprise en question.

LE PRINCE, s'arrachant les cheveux.

Malédiction! (A Polichinelle, avec un geste terrible.) Sortiras-tu?

POLICHINELLE, à part.

Charmant Prince! L'heureux caractère!...

(Il sort.)

SCÈNE VIII

La salle du Trône.

———

PAPILLONNE, entourée de toute la Cour.

Quatre grands conquérants danseurs de corde, quatre grands légistes et une foule d'autres bateleurs exécutent des ballets entremêlés de pantomimes grotesques.

POLICHINELLE, au grand maître des cérémonies.

Bravissimo, monsieur. L'éblouissement de cette salle passe toute expression. La belle ordonnance de cette foule innombrable y fait un sujet digne de mémoire. Ne pensez pas vous dérober à mes transports, monsieur. La symétrie de ces trépieds d'or à l'entour de ce trône couleur du soleil, ces crépines d'or sur ces tentures de brocart d'or, ces tapis dorés,

ces colonnes plissées de voiles d'or, toute cette
presse de beaux seigneurs et de belles dames
en costumes jaunes chamarrés de dorures,
donnent, croyez-m'en, monsieur, donnent à
chacun de nous la plus aurifique idée de votre aurifère imagination. La sonorité manque
à mes paroles, monsieur, pour vous bien exprimer l'aurification où cette vue me jette.
La couleur de votre génie paraît tout entière
dans la jaunisse de ce spectacle. Monsieur, le
ciel vous a doté d'un lingot pour âme, et votre cervelle est une volière toute pleine de ca-
naris.

LE GRAND MAITRE.

De bonne foi, bouffon, crois-tu la Reine sa-
tisfaite?

POLICHINELLE.

A compliment compliment et demi, monsieur. Le choix des danseurs est mon ouvrage,
ainsi que le règlement des ballets qu'on exécute sous vos yeux. De bonne foi, tous mes
soins ont tendu à paraître digne de votre do-
rure.

LE GRAND MAITRE.

Encore une fois, crois-tu que la Reine ait
lieu de nous en être reconnaissante, et sommes-nous parvenus l'un et l'autre à lui complaire?

POLICHINELLE.

Monsieur, rien de si aisé. Inutile de con-
sulter la Reine ou de l'approcher, la première
figure de courtisan venue fera l'affaire.—Revenez de vos craintes, monsieur. La gaieté de
la Reine répond au mieux à nos efforts. Sa
Majesté sourit. Elle regarde à gauche. A
droite. Elle éclate à je ne sais quel entrechat
comique des danseurs. Un soupir. Un mouvement d'impatience involontaire, la longueur
de l'attente, sans doute. Un pli d'humeur aux
lèvres. Un sourire. La voilà remise en gaieté.

LE GRAND MAITRE, avec joie.

Comment t'y prends-tu, à telle distance, le
dos tourné à Sa Majesté et les yeux sur ce
gros visage de gentilhomme? Je ne suis pas

peu surpris du procédé. Voyons, bouffon, le secret de ta méthode?

POLICHINELLE.

Eh! justement, monsieur, observer le premier visage venu de n'importe qui de ces gens-là. Un homme entre quatre miroirs, où sa figure, ses attitudes, jusqu'à ses moindres gestes se multiplient à l'infini, vous donne l'image d'une cour où l'identification avec le souverain est poussée à la perfection. Libre à vous-même, monsieur, à chaque heure du jour et de la nuit, d'essayer à votre profit de cette souveraineté sans exemple, que depuis que le monde est monde la courtisanerie s'efforce de réaliser, sans plus de succès que de dégoût. La Reine me fait signe. Mille révérences à votre safranique Excellence. (Il va s'asseoir aux pieds de Papillonne, sur des coussins.)

CANCANS DE LA COUR

Parmi Sylphes.

UN SYLPHE, à un autre Sylphe.

Comme j'ai l'honneur de vous le répéter,

frère, l'emploi de la petite princesse auprès
de Papillonne consistait à courir chaque matin dans la rosée, avant le lever du jour, par
les monts et dans les prairies, verser à chaque
fleur sa goutte propre de parfum: Sa disgrâce
lui vient d'un trait d'étourderie que la colère
de la Reine a sottement rendu capable des
conséquences le plus funestes, et qui ne valait
pas, ma parole, le souffle d'air que j'use à
vous le raconter.

UN AUTRE.

La fillette a, dit-on, versé de la senteur...

UN AUTRE.

... De rose au calice d'une tulipe.

UN AUTRE.

Justement.

UN AUTRE.

Un enfantillage. Une méprise. Pas là de
quoi fouetter un puceron.

PREMIER.

Le hasard veut qu'hier, en cueillant la tulipe, l'humeur de Sa Majesté soit, sans motif
d'ailleurs, à un degré proche de variable. De
là à tempête... La tulipe fleurant la rose a fait
merveille. Le renvoi de la princesse chez la
Reine, sa mère, a suivi sans délai la découverte du forfait; et maintenant, si vous avez
bien soin d'examiner que la présence ici de
cette enfant était un gage d'amitié durable
entre Carabosse et Papillonne, vous serez,
certes, de mon avis sur les intrigues, les
haines, les divisions, les guerres, les malheurs qui vont surgir, mille ans durant, de
cette goutte de parfum. Je m'en remets à votre bon sens. Ces tristes réflexions ne vous
fortifient-elles pas dans votre goût pour la
solitude, et n'enverriez-vous pas, comme
moi, frère, et de bon cœur, politique et poli-
tiqueurs... à tous les hommes !

Parmi vieilles Fées.

UNE VIEILLE FÉE.

L'impertinence de ces Sylphes m'exaspère, d'oser rester un pareil jour en manteau percé et boueux, leur crinière rousse en broussaille... Mes yeux perdent de leur éclat à traîner sur ces saletés.

UNE AUTRE.

Et le proverbe, madame?

> Pour que Sylphes se toilettent
> Duègues cessent d'être coquettes.

Ils attendent encore, les pauvrets!

PREMIÈRE, aigrement.

Cette remarque a fort bonne grâce entre vos lèvres, m'amie.

SECONDE.

Elle siérait bien mieux aux vôtres, ma commère.

Près du trône.

POLICHINELLE.

Vraiment! Sans flatterie, maîtresse?

PAPILLONNE.

Aucune. L'exécution de ces ballets ne laisse rien à désirer. Ce qui m'intrigue seulement c'est ton choix de grands conquérants et de grands légistes pour danseurs de corde et valseurs?

POLICHINELLE.

Par bonne raison, maîtresse. Les premiers, habitués à promener leur autorité d'un bout du monde à l'autre, au-dessus des nations, à des hauteurs vertigineuses, se trouvent passés maîtres en fait d'aplomb et réputés, à bon droit, équilibristes de première classe. Quant aux seconds, dont l'art consiste à maintenir sur les pointes effilées du raisonnement des absurdités pyramidales et à planter les clochers par la flèche, iriez-vous par

hasard les taxer d'ignorance en jetés battus,
entrechats et gigues, et croire ces experts capables de trébuchements? Non, non, divine
mie. Je prétends qu'ils sont sans rivaux pour
s'immobiliser sur la pointe du pied ou tour-
noyer sans étourdissement.

PAPILLONNE, riant.

Tu es toute sagesse, mon fou.

Parmi très jeunes Fées.

UNE BLONDE.

Le Roi boude la Reine, par jalousie.

UNE AUTRE.

Tra la, tra la, la laire...

UNE AUTRE.

Une sorcière me prédisait hier la fin du
monde avant trois jours si je persistais à me
. tourner ainsi les cheveux en coque. Cette bêtise! aurais-tu hésité, dis?

LA BLONDE.

La jalousie ! voilà bien un ridicule de parvenu.

UNE BRUNE.

Je meurs d'envie d'être présentée à Satan, moi. Je le devine de haute taille, la démarche pleine de fermeté et d'une majesté de visage convenable à un révolté qui fait échec aux intérêts du ciel ; au lieu de cet épouvantable mannequin poilu, cornu, fourchu, servant à éloigner les mortels du péché, comme les passereaux des guignes. Sans plaisanter, crois-tu que Satan ait une queue ?

LA SECONDE, ingénument.

Pour quel usage ?

UNE ANGLAISE.

Shocking !

LA BLONDE.

Qu'a-t-elle à s'effaroucher, celle-ci ?

LA BRUNE.

Si ma coiffure allait lui tourner la tête ! Je t'établirais là-bas en qualité de première dame. Voilà.

LA BLONDE.

Il va nous apparaître au milieu de foudres et d'éclairs.

LA BRUNE.

A la tête de ses légions !

UNE AUTRE.

Flamboyant comme un astre !

UNE AUTRE.

Superbe ! glorieux ! Dans tout l'éclat de...

(Entre un Lutin.)

PAPILLONNE.

Parle.

LE LUTIN.

Il y a là, Majesté, deux façons de men-
diants, troués comme deux vieilles cibles, les
bas sur les talons, drapés de noir, le manteau
relevé d'un balai passé en rapière, enfin dans
un accoutrement fort misérable. Ils s'intitu-
lent : le Prince des Enfers et sa suite. (Sur un
signe de Papillonne, le Lutin annonce:) L'Enfer.

POLICHINELLE.

Avant la Mort, je proteste !

PAPILLONNE, gaiement.

Tais-toi.

(Entrent Satan et Méphistophélès:)

LE CHŒUR, à demi-voix.

— Ciel ! Qu'est cela ? Le Roi du Sabbat !
Le Grand Dieu de la messe noire ! En cet
état !...

— Vous plairait-il, monsieur, me rensei-
gner sur la qualité respective de ces deux
magots ?

— Hiérarchiquement Satan doit l'emporter en laideur sur son acolyte.

— Alors Satan s'est dédoublé !

J'exige un supplément d'éternité pour revenir de cette épouvante.

L'horreur à deux têtes !

Comment expliquez-vous, monsieur, que chacun des deux soit plus laid que l'autre ?

Vous faites méprise, mon gentilhomme, en prenant pour un démon l'ombre du Prince.

— Es-tu toujours en goût de devenir sa femme ?

— Plus que jamais, si les grimaces qu'il va donnant peuvent passer pour des sourires.

Je suis d'avis qu'on leur jette quelques diamants et qu'ils s'en aillent.

Une vraie mystification ! Alerte ! sauve qui peut !

(Tous s'esquivent, à l'exception de Papillonne et de Polichinelle.)

MÉPHISTO, bas à Satan.

De la dignité, sacredienne ! C'est tout ce qui nous reste du passé. Songez-y. Pas un mot d'amour. Bridez ferme vos sentiments.

N'allez pas ajouter au ridicule de cette escapade galante par des paroles plus congruantes à la folie qui vous tient qu'à votre âge et qu'à votre rang. Et qu'à votre rang, songez-y. L'adversité commande à plus de respect envers soi-même.

SATAN, tombant aux pieds de Papillonne.

Indicible merveille de beauté, être fait pour l'amour comme la fleur pour le soleil...

MÉPHISTO, à part.

Début conforme à mes conseils ! (Haut.) Regardez à vos pieds, ô Reine, le plus grand exemple de l'inconstance du destin. La considération qui s'attache au succès, la peur que la superstition inspire à la bêtise, la menace de cruels tourments, les feux, les flammes, les démons, la crainte des vivants, la discrétion des morts, jusqu'au renom de notre ennemi, rien n'était épargné de ce qui pouvait étendre et fortifier sous le ciel notre autorité. Hélas ! le résultat a trompé l'attente, et les causes les plus assurées de réussite

n'ont servi qu'à précipiter notre discrédit.
A force de s'exagérer nos férocités, les gens
en sont venus à n'y plus croire. Aussi ne
nous ménagent-ils pas le sarcasme, et nous
font-ils payer par là le long abus de leur naïveté. Puisse la triste issue du plus grand
coup d'État de l'univers décourager désormais nos imitateurs !

SATAN.

Oh ! madame, ne prenez ma pâleur ni mes
soupirs pour un effet de cette infortune. Le
discrédit de mon pouvoir m'importe peu, et
jusqu'au dernier mortel du dernier jour, la
bêtise humaine m'est plus qu'assurée pour la
sauvegarde de mon nom. C'est le souvenir
seul de votre rencontre au Sabbat, madame,
qui me...

MÉPHISTO, à part.

Bon ! Le voilà consolé à présent de la ruine
de son empire. (Haut. Pendant qu'il dit :) Comme
la foudre aux arbres élevés, le malheur sied
aux grandes âmes. Elles en prennent plus

do majesté. Aussi loin do rougir do notre infortuno, nous offrons au mondo lo spectaclo do deux...

SATAN dit :

Il n'est rien quo jo n'entreprenno pour votro agrément. J'attesto lo ciel do ma sincérité. Disposez do nous à votre gré. Jo suis prêt à vous obéir en serviteur.

MÉPHISTO, à part.

Quello priso faut-il quo l'amour ait sur les vieillards pour vous les idiotir à ce point. S'aplatir ainsi devant...

PAPILLONNE.

Cotto chaleur, messiro, à protester do votro dévouement m'encourago dans mes prétentions.

MÉPHISTO, à part.

Parbleu !

PAPILLONNE.

Nous vous avons mis de moitié dans l'ac-

complissement d'un projet formé pour le plus
grand ennui de quelques sots mortels aux
dépens de qui nous prétendons rire. C'est à
Fontainebleau, cette nuit même. L'enchante-
ment de la forêt m'est indispensable et la
protection de vos démons contre les impor-
tuns qui viendraient y troubler nos amuse-
ments.

SATAN.

Ah ! madame, qu'ainsi puisse advenir que
j'enchante cette forêt avec une aussi parfaite
perfection que vous avez su enchanter mon
pauvre cœur, et non seulement cette forêt,
mais toutes les forêts des lieux forestiers du
globe.

MÉPHISTO, à part.

Cet être-là n'était pas plus fait pour être
prince des Enfers que moi pour porter mitre
et crosse. C'est dégradant !

(Entre la Mort.)

LA MORT, à l'huissier.

Trêve de cérémonies. Le temps presse.

(A Papillonne.) Bonjour, petite, me voici. Deux
millions d'hommes sont en train de s'entr'-
égorger depuis un mois à travers monts et
vallons pour le triomphe d'une idée dont
leurs souverains ignorent eux-mêmes la nature. Suicides, maladies, fléaux, crimes, hasards, font de toutes parts des cadavres. Les
médecins s'acharnent sur le reste. Chaque
heure est comme la dernière de la vie. En un
mot, l'ordinaire de ma besogne. Pas une seconde de loisir. Parle. Vite. De quoi s'agit-il?

PAPILLONNE.

D'épouser un médecin. A minuit. Dans la
forêt de Fontainebleau.

LA MORT.

La Mort épouser un médecin! Bravo! Son
nom?

PAPILLONNE.

Pomadin.

LA MORT.

C'est dit.

(Elle sort.) ,

PAPILLONNE.

Un festin vous est préparé, messire. Votre bras, que j'aie le plaisir de vous présenter toute ma cour et de la familiariser avec la vue d'un si grand monarque. Venez, en attendant l'heure de notre descente sur la terre.
(Elle sort au bras de Satan, suivie de Polichinelle.)

MÉPHISTO.

Hélas! Hercule chez Omphale! Hélas!...

(Il sort.)

11.

INTERMEZZO

Une salle de festin très vivement illuminée. — Toute la cour en demi-cercle, assise ou debout autour d'une estrade tendue de brocart.

PAPILLONNE.

Seigneur, tout ce qu'on va servir sont des mets exotiques, rapportés de la terre par mon bouffon, mets convenables à des Esprits et qui nous tiennent lieu de nourriture.

**

LE VIRTUOSE

Un violoniste paraît sur l'estrade et joue un concert-stuck.

SATAN.

Un virtuose! Eh bien, d'honneur, le vertige prend rien qu'à l'entendre. Tudieu!

comme l'animal se démène bon train ! Quelle mécanique brevetée ! M'est avis, madame, que le rouage en est collé dans cette grande boîte. (Il désigne l'estrade.)

PAPILLONNE.

Cent soixante-sept notes à la seconde !

SATAN.

Doux Jésus ! Que n'en double-t-il chaque jour la dose, à force de travail, jusqu'à racler tout son morceau d'un trait ?

(Applaudissements. Le violoniste s'incline et sort.)

*

THÈME AVEC VARIATIONS

PAPILLONNE.

Me ferez-vous la grâce de goûter d'un thème avec variations ? Holà ! (Un Lutin paraît sur l'estrade.) C'est un Lutin qui n'a pas son égal pour ces sortes de compositions. Un féroce ennemi de la simplicité ; incapable d'aucune invention, mais, en revanche, jetant sur tout ses arabesques et qui d'un sonnet ferait un poème.

LE LUTIN.

Thème :

Est-ce toi, chère Élise, ô jour trois fois heureux !

1re variation :

Est-ce, chô ô ô re, est-ce toi. Élise, ô, toi, chère, fois heureux, trois, toi, fois, jour, ô, toi, Élise.

2e variation :

Est-cejour. Troistoifois. Chèrcheureux. Lisejour. ô

3e variation :

E. j. o. t. r. E. i. s. l. o. ô. c. i. x. t.

4e variation :

Escteort. tifoschr. Lsierôtrh. hrtoreisl. rhesofit.

5° variation :

Treilfoueihrjxôsethf. Fhlsôxjrhicuoflierl.

6° variation :

EstechèrejouÉlirôhreuxeufisleuruch.

SATAN.

Ah ! madame, quel ravissement ! Votre ap-
prêteur, par ce spécimen, peut être proclamé
de droit maître coq passé en matière de variations.

(Applaudissements. Le Lutin sort.)

***

DISCOURS DE CHAMBRE

Au naturel.

PAPILLONNE.

Voici d'un « Discours à la Chambre » au
naturel.

SATAN.

Prétendez-vous m'indigestionner?

PAPILLONNE.

Goûtez, goûtez.

(Paraît sur l'estrade un Lutin ventriloque avec son poupon.)

LE POUPON.

Messieurs...

VOIX DIVERSES, DU VENTRILOQUE.

C'est faux! On nous insulte!... Continuez... A l'ordre!...

LE POUPON.

Messieurs...

VOIX DIVERSES, DU VENTRILOQUE.

A l'ordre, à l'ordre! Et la loi du 37 octobre, qu'en faites-vous? Silence. Non, non. Oui, oui. Bravo! A l'ordre! Continuez.

(Le tumulte est à son comble. Sonnerie continue du président.)

LE POUPON.

Messieurs,

Fort des convictions de ma vie entière, c'est la
langue du cœur aux lèvres, que j'ose aborder cette
tribune. Ne serait-il pas prudent, messieurs, avant
d'asseoir sur ses bases définitives, et, si j'ose
le dire, de ramener sur l'eau...

UNE VOIX.

Vous prêchez l'anarchie!

LE POUPON.

Et de ramener sur !'eau une de ces questions
brûlantes, toujours promptes à saper les fonde-
ments de toute subjectivité patriotique, ne serait-il
pas prudent, dis-je, sous l'action vertigineuse dont
les tourbillons vous enlèvent et vous emportent,
d'endormir ou, pour mieux dire, d'éveiller au sein
même de la patrie les fibres endormies des nobles
enthousiasmes? Ne l'oubliez pas, sous le vertige
de ces tourbillons perce une thèse sociale. Ce dan-
ger fait de la royauté, au lieu d'une autorité modé-
ratrice et d'un balancier régulateur, l'instrument

inerte d'un parti ou d'une secte! Le second écueil,
ce serait une politique d'aventure qui nous ramè-
nerait à travers les années sur le terrain de l'op-
positéisme et laisserait flotter sur le drapeau du
libre-échange l'image d'un peuple qui déchire de
ses propres mains cette unité dont il est si
fier!...

(Bravos sur quelques bancs. Murmures sur
d'autres. — Le Lutin ventriloque sort.)

SATAN.

Vrai Dieu! Cela me paraît valoir le plaisir
d'une redite. Car aussi bien doit-on convenir
que, devant pareille éloquence, à l'exemple
de l'appétit qui vient en mangeant, les oreilles
vous viennent en écoutant.

TOUS.

Vivat! vivat!

MÉPHISTO.

Hélas!

PAPILLONNE.

Écoutez plutôt quelques comédies, messire.

(On apporte un théâtre de Guignol.)

✻✻✻

L'OMNISCIENCE

Le théâtre de Guignol représente un amphithéâtre plein de
gens à longues robes.

JOSEPH PRUDHOMME, entrant avec son fils.

Messieurs, la science étant le contrepoids indispensable de l'ignorance, je vous amène mon fils
pour l'instruire de toute chose.

LE DOYEN.

Sur l'heure, monsieur. Nous professons ici l'uni-
versalité des connaissances humaines.

(Joseph Prudhomme *exit.*)

UN SAVANT.

Deux fois deux, quatre.

UN AUTRE.

Ou cinq, ou six, sept peut-être. Qu'en sait-on?

UN PHILOSOPHE.

Jeune homme, Dieu a créé le monde.

UN AUTRE.

La matière seule est Dieu.

PREMIER.

Six jours suffirent.

SECOND.

L'éternité.

PREMIER.

La foi vous est imposée...

SECOND.

La science a détruit la foi.

PREMIER.

... Sous peine de la damnation éternelle.

SECOND.

Il faudrait admettre l'âme. Absurde !

PREMIER.

Blasphème !

(Ils se battent.)

UN POLITIQUE.

Le meilleur gouvernement est le tyrannique.

UN AUTRE.

L'oligarchique.

UN AUTRE.

Non. Le populaire.

UN AUTRE.

Sans le Paulisme, point de salut.

UN AUTRE.

Vive le Pierrisme !

(Une foule de divergents s'ératent à vociférer tous à la fois.)

UN MÉTAPHYSICIEN.

Jeune homme, tout est vert. La mer, la terre, le ciel, les animaux, les hommes. Toutes les couleurs sont vertes. Le bonheur consiste à voir vert.

SECOND.

Blanc.

TROISIÈME.

Noir.

QUATRIÈME.

Rien de tout cela. Rouge.

CINQUIÈME.

Le malheur est attaché à ne pas reconnaître le rose dont le monde est peint.

SIXIÈME.

C'est vermillon qu'il veut dire.

DEMI-CHŒUR.

Par le privilège que nous avons de la vérité, la vertu, la sagesse, la raison, le droit, l'infaillibilité de vue, l'excellence de raisonnement, on peut aisément juger de l'infériorité de nos rivaux. Qui d'entre eux songe à nous disputer la prééminence? Hors de nous tout n'est qu'imbécillité.

L'AUTRE DEMI-CHŒUR.

A nous seuls la palme! A nous le premier rang! L'universelle connaissance nous appartient en propre; le désespoir de nos rivaux en est l'aveu. Nos enseignements, contraires des leurs, lavent seuls de l'ignorance et de la sottise. A nous! A nous! Venez à nous, sous peine de croupir avec eux dans la bestialité.

(La lutte devient générale.)

LE DOYEN. (Tous tombent sous ses coups.)

Indicibles brutes! Passé, présent, avenir, rien

n'existe. L'existence de l'existence n'existe pas.
(Rentre Joseph Prudhomme.) C'est fait, monsieur, en-
trez.

JOSEPH PRUDHOMME, emmenant son fils.

O mon fils, le navire de votre esprit est lesté contre les tempêtes du désert de la vie. La science est
la mère de la vertu. Cultivez ces deux fleurs, elles
font la félicité du sage. Sans la sagesse, nous ne
sommes que des cadavres privés de vie. (*Exeunt.*)

(On emporte le théâtre de Guignol.)

***

LE TRIOMPHE DU DEVOIR

ou

LE MARTYRE DE L'AMOUR

PASTORALE

Mêlée de chants, dialogues et pantomimes.

Sous un coup de bâton de POLICHINELLE, la muraille du fond de
la salle disparaît et découvre une prairie, diaprée de fleurs, à

la lisière d'un bois. — Au printemps. — Entre une jeune oie, essouflée, que les sentiers du bois ont égarée, et toute tremblante des dangers auxquels la solitude expose sa virginale blancheur.

CHŒUR DES FEUILLES.

Écoute nos frissonnements d'amour sous les caresses des Zéphyrs.

DEUX PAPILLONS.

— Ah! les fleurs! monsieur, les fleurs!...
— A qui le dites-vous!...
— Tiens, Bouton-d'Or.
— Présentez-moi.
— Volontiers.

(Ils repartent.)

CHŒUR DES BRINS D'HERBE.

Nous abritons, jusqu'au profond de nos racines, des fourmillements d'êtres amoureux.

UN MOINEAU, poursuivant une bergeronnette.

— Mademoiselle!...
— Ma mère m'attend, finissez.
— Un simple petit mot..., entre quatre ailes!

CHŒUR DANS L'AIR.

Quelle belle chose que le soleil ! Et l'espace ! Et l'amour ! Vive la vie !

Au bout d'une branche.

— Tu ne m'aimes plus.

— Si je ne t'aimais plus, t'aimerais-je comme je t'aime?

— Moi aussi je t'aime, va.

— Écoute alors...

CHŒUR DES FLEURS.

Eh ! pst ! Charmant papillon !... Pst ! Petit insecte bleu. Joli mignon, par ici, joli mignon. Eh ! là-bas, mon chevalier, l'homme au corset d'or... Pst !

Écoute donc
Mon gros bourdon.

M'sieu, m'sieu, arrêtez. Écoute-moi, chéri...

Prête à fermer les yeux de pudeur, afin de ne plus rien entendre, la jeune oie les arrête étonnés et ravis sur un nouveau venu, à long bec rose, dont l'élégance de démarche et la vivacité de regard

la jettent à l'instant dans le plus grand trouble.
Une violente inclination naît en son âme, « Lui !
c'est lui qu'elle voit chaque nuit en rêve ! » Dès lors
c'est fait de la pauvrette. Son cœur est pris. Tout
d'ailleurs, autour d'eux, parle d'amour. Et l'inconnu protestant par deux entrechats de la pureté
de ses intentions, elle se laisse aller jusqu'à l'aveu
d'un impérissable amour. Mais, hélas ! cett..mi-
nute de délices doit causer à jamais leur éloigne-
ment.

Un bœuf a surgi du bois, l'œil terrible.

— Ma fille aux pattes d'un flamant ! ! !

Et les cornes de l'animal, en dépit des plus sup-
pliantes chorégraphies, se pointent furieusement
sur le galant, dont la fuite seule assure le salut.

Vainement trois claquements d'ailes lancent l'infortunée à sa poursuite, elle retombe lourdement.
C'est alors que le bœuf, dans l'excès d'une colère
dont il n'est plus maître, se livre à une cachucha,
traduisible à peu près en ces termes :

— Malheureuse ! Quelle abjection ! Épouser un
artiste ! Toujours désoccupés, ces oiseaux-là, ou
par les nuages ! Des fainéants ! soit dit sans prétention ; des bons à rien, des fous, des paysagistes,
des poètes ! Signe-toi. (Tous deux se signent.) Sans le
moindre souci du commerce ni de l'agriculture.
Quelle différence avec les ânes ! Sans cesse au har-

nais, ceux-là. Hue! Dia! Tire! tire!... Quelle adorable compréhension de la vie ! Quel sentiment de
la pratique ! Je n'aurai pour gendre qu'un ânon.

Vaincue par cet irréfragable raisonnement, Blan-
chette sacrifiera sa folie au devoir, ainsi que le té-
moignent huit pirouettes sentimentales.

— Fifille, le plus grand signe d'aptitude aux affaires, ainsi qu'au mariage, dans un mâle, ne l'oublie
pas, c'est l'ânerie. Ah! les ânes !...

Et deux de ces solipèdes survenant, le bœuf, en
manière de demande officielle, exécute devant le
plus âgé une gigue de caractère, à quoi celui-ci
répond par un fandango plein du plus entier consentement. Reste à égaliser l'apport des futurs conjoints sans duperie de part ni d'autre ; là-dessus,
comme à l'ordinaire, force coups de dent et de
sabot.

Soudain une idée les illumine.

— Une balance ! Une balance !

L'on bâte le vieil âne de deux paniers pour pla-
teaux, que l'on remplit aussitôt, la jeune oie de
maïs, l'ânon de foin. « Nenni, nenni. Nenni, nenni, »
oscille quelque temps en guise de fléau la vénérable tête, jusqu'à ce que, grains par-ci, brins par-là,
l'équilibre soit obtenu. Saisis alors d'un attendris-
sement subit, sous la bénédiction du bœuf, beuglant

d'émotion pis que quatre veaux, les fiancés unissent nuptialement leurs pattes, tandis qu'un ironique épithalame, entonné par les chœurs précédents, s'envole au fond des cieux, où irradie l'apothéose du flamant, le cœur troué d'un coup de bec. — Tableau !

(La muraille se referme.)

***

L'AVOCAT VOLÉ DE SA SERINGUE

ET QUI PLAIDE POUR SON VOLEUR

OU

L'équitable et plaisant acquittement de Scrupule Louchard, dit LA VERGOGNE.

Un théâtre d'ombres chinoises. — Une salle de justice.

LE PRÉVENU, avec amertume.

Une vraie pipe, mon président, les apparences m'ont trompé.

L'AVOCAT, plaidant.

Est-ce un crime, après tout, d'avoir une seringue? Pieuse relique d'une opulence jadis princière.
Elle nous vient, messieurs, d'un héritage, en récompense de nos soins et bienfaits à la défunte
Désirée Louchard, notre grand'tante, une sainte
femme! Elle est morte le nom de La Vergogne aux
lèvres, et plus de mille fois béni. Non sans raison,
messieurs. Ah! messieurs, il fallait, oui, il fallait,
il fallait, ô doux échange de sentiments inaltéra-
bles! il fallait voir, messieurs, par quel amour nous
répondions à sa tendresse, une tendresse qu'elle
portait pour nous à l'idolâtrie; oui, messieurs, à
l'idolâtrie! Mais... (Avec émotion.)

> Mais elle était du monde où les plus belles choses
>   Ont le pire destin
> Et, rose, elle a vécu ce que vivent les roses,
>   L'espace d'un matin.

Ce joyau ne nous quittera qu'à la tombe. Cette
seringue entre nos mains, messieurs; mais, messieurs, je vous le demande, messieurs, quelle
marque plus irrécusable de notre attachement à
Désirée? Quel emblème plus certain de notre piété
filiale à sa mémoire? Cette seringue entre nos

mains ! (Avec une animation croissante.) Je dirai plus,
messieurs, est un défi, plein d'ironie, jeté à l'indi-
gence qui nous presse. Une nargue au Mont-de-
Piété! Eh! qui nous arrêtait, en effet, de convertir
cette relique en monnaie courante. Qui? qui? Sinon
le souvenir de Désirée? (Avec un tremolo.) Prenez
garde, messieurs, vos simples soupçons nous dés-
honorent. Mieux vous en prendrait d'applaudir
l'héroïsme de nos pieux scrupules dans leur triomphe contre la misère et la faim. Cette seringue
entre nos mains, non, ce n'est pas un titre à votre
mésestime, je ne crains pas de le dire, c'est une
croix sur le cœur d'un brave. Nous l'arracher! nous
dégrader!... O vertu, voilà donc de tes récompen-
ses! C'est la treizième fois que cet homme compa-
raît, dites-vous? Eh bien, messieurs, est-ce au moment où La Vergogne, où ce héros d'honnêteté, où
ce fanatique de probité s'épuise en grandeur d'âme
à racheter quelques légèretés vénielles et sans
conséquence... Mais à quoi bon circonstancier? Je
m'arrête, messieurs. L'équité seule fait le prestige
de la justice. Avis à votre décision.

SATAN, très ému.

Même le culte aux morts, tout sert d'arme
contre l'innocence!

LE PRÉSIDENT, avec des sanglots.

A pareille éloquence, il faut se rendre. Prévenu, la cour vous acquitte, vous êtes libre.

LE PRÉVENU.

Ah! mon Président, ah! quelle joie! En avant, la musique! (Il monte la seringue; elle joue l'air de la *Reine Hortense.*)

L'AVOCAT, bondissant.

Mon air!

LE PRÉSIDENT.

Qu'avez-vous, avocat?

L'AVOCAT, sautant par-dessus la barre.

C. R. Mes initiales!... Coquin! voleur! scélérat! démon de fourberie! Cette seringue est mienne, messieurs. Le sacripant me l'a dérobée dans une visite qui suivit sa dernière affaire, sous un faux prétexte de remerciement. Voilà certes le payement de mes bons offices. Le seul, du reste, qu'on puisse attendre d'un gueux de cette sorte. Pilier de tribunal ! Vrai gibier de galères ! nanti de quatre-vingts condamnations !...

LE PRÉSIDENT.

Treize, avocat, vous extravaguez.

L'AVOCAT, poursuivant le prévenu à coups
de son instrument.

Qu'on le condamne à mort.

LE PRÉSIDENT.

Pour une seringue !

L'AVOCAT, hurlant.

A mort.

LE PRÉSIDENT, malicieusement.

C'est aisément l'envoyer joindre la grand'tante.

L'AVOCAT.

A mort. (Il bat le Président.)

LE PRÉSIDENT, l'arrêtant aussitôt.

La cause est entendue. Avocat, la justice vous

rend la pièce. Mais en retour, vous régalerez ce chenapan, à cette fin d'en faire un honnête homme, d'un sou par chacune de vos menteries passées, présentes, et... éventives.

LE PRÉVENU, riant.

Oh ! je n'exige pas d'être millionnaire !

SATAN.

De quoi te plains-tu, coquin ? De l'argent, de l'esprit, c'est plus de moitié qu'il n'en faut pour qu'on te canonise.

TOUS.

Vivat ! vivat !

LES HASARDS DE LA POLITIQUE

DRAME RÉALISTE.

Un théâtre de Fantoccini remplace le précédent. — Une salle
de grand conseil au palais.

LE ROI.

J'écoute le récit détaillé de votre campagne, généralissime.

FRANCHE-FOIRE, à part.

Cré pétard ! moi qui ai tourné bride au premier
relais ! (Haut.) Sire, placé à la tête de vos légions,
je les suivis par les grands chemins jusqu'au Canada, proche la Morée, en une plaine qu'avoisinent
les chutes du Jura dans le fleuve Sahara, par-
dessus les montagnes de Danube, Tripoli, Voltaire,
Rousseau, des Deux-Siciles, de la Cochinchine, de
Virgile et d'une partie des Pyrénées méridionales
où se trouvent les eaux thermales d'Uriage.

LE ROI.

Désignez-vous ainsi la vaste plaine de Zuy-
derzée ?

FRANCHE-FOIRE.

Permettez, sire, celle de Mississipi.

LE ROI.

... Qu'illustrèrent jadis maints hauts faits de je ne sais quel de mes ancêtres en une mémorable circonstance, dont le souvenir me fuit ?

FRANCHE-FOIRE.

Précisément.

LE ROI.

Que ne disiez-vous alors sous le 17° degré, longitude nord ? Désormais, l'endroit m'est aussi précis qu'à vous-même.

FRANCHE-FOIRE, terrifié, à part.

Domine ! Il sait l'histoire et la géographie !

LE MINISTRE.

Sire, de votre royaume au Canada, proche la Morée, pas un seul grand chemin ne s'étendait que ma prévoyance n'ait fait évaluer en kilomètres,

mètres, décimètres, centimètres, millimètres,
pouces, lignes et points, dont le calcul par chaque
pas de soldat, poids des bagages et bouchées de
pain quotidiennes, permit de préciser d'avance
exactement la durée des repos, le temps des haltes
et des marches, non moins que l'usure des souliers et la quantité d'air respirable pour chaque
homme, tant du côté de nos troupes que de l'autre.

LE ROI.

N'en déduisites-vous pas également, Excellence,
la quantité disponible de vaillance individuelle ?

LE MINISTRE.

A merveille, sire, d'après les battements de cœur
de chaque homme, retardés ou précipités au com-
mandement et sans réplique.

LE ROI.

Continuez, généralissime.

FRANCHE-FOIRE.

Sitôt que nous arrivâmes en vue du rivage, je
hélai : Terre! terre! Carguez. Voilez. Amenez en

panne. Amurez. Alarguez. Éternuez. Mouchez-vous.
Virez de bord. Troussez le perroquet. Troussez le
perroquet, mille caronades! ou je vous fous tous à
la diète! Sus à tribord. Grâce à ces manœuvres, en
un clin d'œil, l'armée fut disposée sur le rivage en
coin d'éventail éployé, les tentes dressées, les sen-
tinelles au feu, chaque soupe à son poste, suivant
la tactique des grands capitaines de l'antiquité.

LE ROI.

Ne commandâtes-vous pas, avant tout : « Délestez bâbord? »

FRANCHE-FOIRE.

Avant tout, sans contredit, sire.

LE ROI.

N'omettez rien, généralissime. Le débarquement
me semblait impossible sans « Délestez bâbord. »

FRANCHE-FOIRE, à part.

Domine! Il sait aussi l'art maritime! (Haut.) Les
camps établis, notre attente de l'ennemi se perpé-
tua douze cents longues nuits.

LE ROI, stupéfait.

Onze cent quatre-vingt-cinq de plus que la campagne entière!

FRANCHE-FOIRE.

Douze cents..., par rapport à l'impatience belliqueuse de nos soldats. L'attaque se donna de plein front. Furieusement une explosion de cinquante mille canons fut le signal, auquel répondirent à ravir nos sabres-fusils perfectionnés. Je me portai aussitôt sur les derrières, entraînant tout par mon exemple. L'infériorité du nombre nous stimulait à l'héroïsme, et quand nos cavaliers se ruèrent, pique en avant, semblables à une mer épineuse...

LE MINISTRE.

O miracle d'algèbre militaire! A un bouton de guêtre près, sire, à une carotte dans la marmite des ennemis, jusqu'au nombre des coups de part et d'autre en cette affaire, jusqu'au total des morts et des mourants, tout avait été prévu, calculé, noté, réglé, sans un seul démenti postérieur à l'exactitude de mes calculs.

13

FRANCHE-FOIRE.

Huit cent millions de gens restèrent sur la place, parmi lesquels sept en tout des nôtres, dont je comprends cinq chevaux, trois mulets et deux cuirassiers égratignés à un buisson d'orties, où les besoins de la peur les avaient accroupis durant l'action, à l'écart des autres. Du reste, ma devise était : « Jusqu'au bout. »

LE ROI.

Régulus brûla sa barbe sur un réchaud, en signe de ténacité romaine à son serment.

FRANCHE-FOIRE.

Nul autre exemple ne m'a inspiré, sire.

(Entre un courrier.)

LE COURRIER.

Ah! sire. Les ennemis victorieux sont à nos portes !

LE MINISTRE.

Où nous cacher? fuyons.

FRANCHE-FOIRE.

Allez à leur rencontre, sire. L'exemple est au chef. Tout aussi bien notre défaite me parut sur le soir irrémédiable.

(On emporte le théâtre de Fantoccini.)

***

LE BAL TRAVESTI DES IDÉES

POLICHINELLE tire un rideau. Une salle de bal, sous un gigantesque crâne humain.

UN INCONNU, sur le seuil.

Je suis résolu, bon gré, mal gré, de prendre femme.

FIGARO, à son bras.

En ce cas, attention! L'œil ouvert. Entrons.

CHŒUR DES IDÉES PHILOSOPHIQUES, grosses, lourdes, bastionnées d'appas formidables, en un coin, disputant avec feu.

Pourquoi sommes-nous? Pourquoi ne sommes-nous pas? Pourquoi ceci, cela, le reste? Pourquoi la vie? Pourquoi la mort? Dieu? Tout? Rien?...

L'INCONNU, les examinant.

Toutes en costume de Folie.

FIGARO, riant.

Quelle franchise!

L'INCONNU.

Abordons-les. — Vraiment, commères, tant de bruit pour si peu? — Pourquoi? Eh! parbleu... Parce que.

LE CHŒUR.

Belle explication!

L'INCONNU.

La seule!

. FIGARO.

Les philosophes, à la vérité, ajoutent par-ci par-là quelques mots : or, si, donc, *ergo*, en ferraillant ; mais il est bien aisé de voir que « Pourquoi? Parce que » sont le fond de toute la philosophie.

(Des arguments *à contrario, a priori, à fortiori* et autres, vêtus de peaux de porc-épic, viennent toutes les prier à danser.)

L'INCONNU ;

· Affreuses !

FIGARO, l'entraînant.

Viens.

(Ils s'éloignent.)

CHŒUR DES BOUQUETIÈRES.

Fleurissez-vous, messieurs. Bouquets blancs. Bouquets rouges. Couleurs assorties. Au choix. Fleurs thermométriques, variables suivant le temps, l'heure, la seconde.

·FIGARO, bas.

Les Politiques.

L'INCONNU.

Grand merci.

(Ils s'aventurent dans le bal. — Le bruit des danses et des
rires couvre celui des causeries. Tout à coup éclate, invi-
sible, le chœur des Idées noires.)

CHŒUR DES IDÉES NOIRES.

*De profundis clamavi ad te, Domine, Domine,
exaudi vocem meam.*

(Stupeur générale. — La fête se ranime ensuite peu à peu.)

IDÉES RAISONNABLES.

travesties en hommes à perruque, à calvitie, à maintien
grave, air profond.

PREMIÈRE.

Réduisez ces théories à la pratique, où en arri-
vez-vous?

SECONDE.

D'accord. Ce qui n'empêche pas que de mon
temps...

TROISIÈME.

Le tout est de mettre au rang d'une institution, si je puis dire... inébranlable, une observation du simple domaine de l'expérience journalière.

QUATRIÈME.

Sapristi! encore faut-il...

PREMIÈRE.

Et, remarquez, ce que nous disons de la société en général s'applique à la famille en particulier, tout aussi bien qu'à la religion, aux belles-lettres, arts, sciences, mariage, médecine, architecture, botanique et astronomie.

CINQUIÈME.

Té vé! Lou commerço, qu'é vous n'en faites, alorsse?

PREMIÈRE.

La base et le sommet de la condition *sine quâ non* de la prospérité du pays.

SIXIÈME.

Vous sortez de la discussion...

FIGARO, s'avançant.

Messieurs, mon ami intime. (Toutes leur tournent le dos et courent à la danse.) Eh bien?

L'INCONNU.

Je leur fais peur à toutes.

UN DOMINO, rêvassant.

A moi l'avenir! Le travail me suffirait déjà, à défaut d'intelligence; ainsi, dans un an je puis être artiste..., millionnaire... Reine du monde!...

L'INCONNU.

Mieux encore. Ma femme, charmante, si tu consens?

LE DOMINO.

Interrupteur maudit!

(Elle se sauve, au bras d'un Amour.)

L'INCONNU.

Pas une. Quel ennui!

FIGARO.

Le succès est... la belle-mère du mérite, auprès des femmes, en tout, c'est connu. Patience. J'aperçois là-bas... Suis-moi.

CHOEUR DES IDÉES NOIRES.

Pulvis es et in pulverem reverteris.

(*Même jeu que plus haut.*)

L'INCONNU, s'inclinant.

Madame, agréez mes salutations comme d'un homme épris de votre beauté et de votre habileté sans égale à voir clair au plus obscur du plus impénétrable des mystères.

FIGARO, s'inclinant.

... Sans lunettes!

L'IDÉE DE DIEU.

Je me figure Dieu un énorme éléphant, se piétant sous le poids du monde, embelli d'une barbe de toute blancheur, foudre au poing, un et trois, in-

13.

visible, répandu par tout l'univers, éternel et fils du Chaos...

L'INCONNU.

Assez, assez. Je tiens les autres pour connues. Partons. Je renonce à tout dessein de mariage.

(Ils sortent.)

CHŒUR DES IDÉES NOIRES.

Requiescat in pace. Amen.

(*Même jeu.*)

(L'animation est à son comble. Les idées les plus divergentes s'accouplent, et, dans un tourbillon vertigineux, toutes se mêlent, se brouillent, s'évanouissent en une vapeur lumineuse qui emplit le crâne.)

SATAN.

De grâce, ma Reine, le nom de cet Inconnu, si incompatible avec toute Idée, qu'il en revient au célibat.

FIGARO, rentrant.

Le Bon sens.

TOUS.

Vivat !

MÉPHISTO.

Hélas ! hélas !...

(L'orgie continue.)

SCÈNE IX

Une terrasse devant le palais dominant les jardins. Le soleil décline à l'horizon. — Bruits de l'orgie à l'intérieur.

———

POLICHINELLE, MÉPHISTO.

POLICHINELLE.

Langoureux ministre! homme plaintif! Suave monsieur Méphistoph... hélas! quelle lubie vous prend? Quitter la table au fort du festin! Ah çà, mon cher, l'éternité n'a qu'un temps. Où m'entraînes-tu?

MÉPHISTO, à part.

Je ne serais pas fâché d'évaluer ce qui nous reste de prestige sur ces gens-là. (Haut.) Mon-

sieur, me feriez-vous l'amitié de me vendre
votre âme?

POLICHINELLE.

De tout mon cœur, mon vieux. — Mes
avantages?

MÉPHISTO.

Considérables, monsieur. — La beauté.

POLICHINELLE.

Suis-je laid, maraud, par hasard?

MÉPHISTO.

... La jeunesse...

POLICHINELLE.

Décati?

MÉPHISTO.

... Les grandeurs...

POLICHINELLE.

A quoi bon l'intervention du Diable pour de
telles acquisitions !

MÉPHISTO.

... Les richesses... La gloire...

POLICHINELLE.

Tu me déranges pour ça !

MÉPHISTO.

... Les plaisirs... Les belles...

POLICHINELLE.

Mais, encore une fois, tout cela s'acquiert sans que le Démon s'en...

MÉPHISTO.

... La vertu des plus vertueuses...

POLICHINELLE.

Zut ! (Il lui applique un coup de bâton sur le dos et sort.)

MÉPHISTO, seul.

Un tel affront ! Voilà le résultat des bassesses de mon maître ! Ah ! scélérat ! Vengeance ! (Il sort.)

SCÈNE X

Dans les jardins. — Un bosquet.

SATAN, MÉPHISTO.

SATAN.

Du calme, mon mignon.

MÉPHISTO.

Aux armes! Éclatez canons! Par file à droite! Pas de quartier! Exterminons Fées et Lutins...

SATAN.

Reviens de ta fureur, chéri. Donne-toi la peine de songer qu'il s'agit, après tout, d'un simple coup de bâton sur ton occiput. De là, à bouleverser l'univers !... Et puis, jouer le sort d'une campagne contre une aussi charmante reine que notre hôtesse !... D'autant plus, tu le disais toi-même, que le mauvais état de nos légions, le discrédit de notre autorité...

MÉPHISTO.

Ce n'est point, à politiquement parler, sur mon occiput, mais sur le vôtre qu'est tombé l'affront.

SATAN, riant.

S'il en est ainsi, vive Dieu ! quelle raison de m'irriter réellement d'une douleur reçue... ministériellement. Ah ! Méto, j'en suis plus épris que jamais.

MÉPHISTO.

Cela va sans dire.

SATAN.

Je n'ai plus qu'un désir, en obtenir par ruse ou par violence...

MÉPHISTO.

J'entends. Mais le moyen ?

SATAN, avec câlinerie.

Pourrais-je mieux m'adresser qu'à ton esprit ?

MÉPHISTO.

Mon esprit ! Je vous avertis, je ne tremperai jamais dans une pareille... complicité. La mesure est comble. Tenez, c'est dégoûtant.

SATAN.

Des scrupules ! un ministre ! O nouvelle ! Mais, mignon de candeur, rien là qui soit incompatible avec tes fonctions. La prise d'une jolie femme vous profite plus à vous autres que celle d'un Eldorado. Aussi, va, d'ordinaire ceux de ton métier ne grimacent point tant à la besogne.

MÉPHISTO, avec amertume.

C'est que le bon état de leur fortune les dispense du souci de leur dignité.

SATAN, à part.

Monocorde! (Haut.) Que penses-tu, dis-moi,
de cette obstination du Prince Charmant à
se dérober à nous? Ma condescendance aux
caprices de sa moitié éveillerait-elle ses soupçons? Gare, en ce cas, la jalousie! Les plus
moutons s'y font tigres. Notre homme risque de montrer les crocs. (Entre le Prince Charmant.)
Ciel! quel est ce monsignor de la ruine am-
bulante?

MÉPHISTO.

Visage d'outre-tombe, sire.

SATAN.

Physique extravasé, yeux concaves, cheveux sinistres...

MÉPHISTO.

Un échappé de vos domaines. Le service
de nos frontières est si négligé!

SATAN.

Dis plutôt un pendu en rupture de nœud coulant. (Au Prince, s'inclinant.) Monsieur, notre récente arrivée dans cette cour...

MÉPHISTO, s'inclinant.

... Justifie notre ignorance de ses usages. Le Prince Charmant nous paraît d'humeur mélancolique et peu sociable...

SATAN.

... Amant du silence et de la retraite...

LE PRINCE.

Qui parle ici du Prince Charmant? Foudroyé par le sort, méconnaissable pour lui-même..., vit-il encore? L'a-t-on vu? Où se cache-t-il?

SATAN, bas.

Le bonhomme est fou!

MÉPHISTO, avec compassion.

Hélas!

LE PRINCE.

Vous avez dit hélas, monsieur? O six fois
mélodieuse musique! Votre compassion fait
votre éloge, généreux pied bot. Mes lèvres
se rafraîchissent comme d'une rosée à répéter
ce mot hélas. Hélas! hélas! Merci de votre
mot, monsieur. Toute mon amitié vous en récompense! Hélas vous transfigure, cher inconnu, et vous m'apparaissez de la beauté
d'un Dieu sous votre sordide assemblage de
haillons. Hélas! hélas! Vos mains, étrangers.
Malheur au Prince Charmant! Sachez que la
reine Papillonne est éprise d'un jeune mortel.

SATAN, bondissant.

Ciel!

LE PRINCE.

Le drôle a la témérité de partager ses sentiments.

SATAN.

Sang du Christ!

LE PRINCE.

Cette nuit, dans une forêt, doit s'accomplir l'œuvre de déshonneur.

SATAN.

Cette nuit !

LE PRINCE.

·... Grâce à la protection que Satan leur prête.

SATAN.

O femelle ! Ah ! perfidie !

LE PRINCE.

Quant au mari...

SATAN.

Qui femme a... femme a ; et si le sort du mari est tout ce qui vous chagrine...

LE PRINCE.

Belle demande !

SATAN.

Mon cavalier, confidence pour confidence. Tu m'as tiré d'un mauvais pas, j'entends te défaire de ta tristesse. La Reine n'aura pas son mortel.

LE PRINCE.

Que dites-vous ?

SATAN.

Eh ! eh ! mon gaillard, le sourire t'en monte aux lèvres.

LE PRINCE.

Mais, par quel moyen...

SATAN.

Bien simple. Me glisser dans ses bras à la place du maraud, par une habile transformation. Trompée par la ressemblance, Papillonne en sera pour son erreur, et moi pour...

LE PRINCE, tirant son épée.

Maudit! Coquin! A moi! qu'on l'assomme.

SATAN.

Qu'est-ce qu'il lui prend?

LE PRINCE.

Tiens, meurs. Tiens, meurs encore...

SATAN.

Ah çà! drôle, plaisant défenseur de cocus, attrape... (Il étend la main, le front du Prince se pare de deux longues cornes.) pour t'apprendre. Et maintenant, la délivrance dépend de la réussite de mon projet. Tu ne seras décorné qu'à l'heure même où le Prince sera cocu.

(Polichinelle, accourant.)

POLICHINELLE.

Majesté!

SATAN, à Méphisto.

Ah! croix de bois! C'était le mari en personne! Presto, mignon.

(Ils décampent.)

POLICHINELLE.

Mon pauvre maître! Est-ce possible! En quel état!

LE PRINCE.

Il est aisé de constater que mes disgrâces matrimoniales ne ressemblent en rien au commun des disgrâces ordinaires. Et quelle admirable application du sort à me les infliger graduellement! D'abord, tas de cendres ou cocu. Dans cette alternative du moins, à bien prendre, les apparences restaient sauves. Mais, à cette heure, me voilà réduit au chagrin d'un déshonneur réel, sous la charge, au refus, de porter publiquement ses insignes. Le fait ou le semblant. Où gît ici l'avantage? D'un encorné sans déshonneur ou d'un cocu sans signes apparents, lequel, mon

Pol, te semble digne de préférence ? Ah ! mon
Pol, mon Pol, ma raison s'y perd. Je t'en prie
instamment, mon bonheur est peut-être dans
ta réponse ; avec l'esprit que je te sais, un de
tes conseils vaut un oracle. Encorné ou cocu ?
cocu ou encorné ? Parle, mon fils.

POLICHINELLE.

La vie est pleine de ces logogriphes, maître, et certes l'attrait de leur recherche en
égale l'utilité. Votre imagination paraît se
plaire en ces sortes de passe-temps. Donnez-
moi votre avis sur la solution d'un rébus terrestre qui laisse mon esprit à mi-doute : du
mensonge ou de l'avocat, lequel des deux
vous semble fait pour l'autre ? Réfléchissez
tant qu'il vous plaira. Pour moi, de les avoir
vus si merveilleusement amalgamés l'un avec
l'autre, le désespoir m'a pris de jamais venir
à bout de cette énigme. Je crois les deux de
nature identique, et qu'avocat et mensonge
ne font qu'un. Vous n'écoutez seulement pas.

LE PRINCE.

Encorné ?

11

POLICHINELLE.

Après tout, le beau malheur!

LE PRINCE.

Sans qu'il y ait lieu de l'être!

POLICHINELLE, riant.

Et le contraire vaudrait mieux?

LE PRINCE.

Tais-toi, tais-toi.

POLICHINELLE.

Croyez-vous, par hasard, faire exception?
Et les décorés sans mérite, les honorés sans
honneur, les juges sans équité, les fripons
dont on proclame la vertu, les gens d'aveu
qu'on désavoue, les sots dont on s'écrie : « Ah!
que d'esprit! » ... C'est la suprême loi du paraître sans être qui régit le monde. Vous êtes
couché au catalogue. D'ailleurs, encorné ou
cocu, mensonge ou avocat, l'impasse est fer-
mée aux deux bouts. Nous aurions beau lita-

niser ici, par versets et répons, plus intermi-
nablement que des moines, il en faudrait
prendre son parti.

LE PRINCE.

Et moi je veux absolument me débourber
de cette disgrâce, et j'exige de toi une solution définitive.

POLICHINELLE.

Une solution définitive? ah! vous ne m'aviez
pas dit cela. (Il l'étend d'un coup de bâton sur la tête.)
Ma foi, qu'un plus habile en trouve autant. (Se
penchant sur le Prince.) Il n'est qu'engourdi. Sa
mignonne me saura gré de ce débarras mo-
mentané. Courons vers elle. En forêt, en forêt! La nuit tombe. Tout doit être prêt au
départ. Le ciel illumine déjà pour la comédie
qui va suivre. (Il sort.)

TROISIÈME PARTIE

LA FORÊT.

PERSONNAGES

HYGINIUS.
POLICHINELLE.
ÉLOI.
SATAN.
CHAMPVEAUPRÉ.
POMADIN.
MÉPHISTO.
Le Prince CHARMANT.
Maitre GRIFFON.
Le second Témoin.
DE JAUNAC.
DE PRÉBEL.
DE LIVRY.

GEORGES.
DE MONTAURAN.
ZANETTO.
LE DUC.
Premier MADRILÈNE.
Second MADRILÈNE.
Un squelette d'amou-
  reux.
CLINCLOCH.
Un commissaire de po-
  lice.
Un groom.

PAPILLONNE.
ELVIRE.
LISBETH.
LULLA.
LA MORT.
LA LUNE.
LA DUCHESSE.
CLORINDE.

Un squelette d'amou-
  reuse.
LOLA.
PLUMETTE.
SUZANNE.
VÉNUS.
JUNON.
MINERVE. } Personnages muets.

Cortège féerique. — Chœur de lézards. — Squelettes des deux sexes. — Marmitons. — Soldats. — Animaux...

SCÈNE PREMIÈRE

Dans la forêt de Fontainebleau.

———

HYGINIUS, ÉLOI, POMADIN, GRIF-
FON, CHAMPVEAUPRÉ, LE SECOND
TÉMOIN, CLINCLOCH, ELVIRE, LIS-
BETH, tous à la débandade, à travers la forêt.

ÉLOI.

Au rapport de ce guide, la Mare-aux-Fées
n'était qu'à dix minutes de Fontainebleau.

GRIFFON.

Et nous sommes en marche depuis ce
matin !

ELVIRE.

Et la nuit tombe !

LISBETH.

Partout des mousses et des bruyères!

CHAMPVEAUPRÉ.

Des parasites, des lichens. Pas un fructifère. Aucune culture. Nulle trace d'essartement. Ni taille ni espalier. Pas l'ombre d'entretien. Soit dit sans offense au gouvernement, cet abandon d'un des plus beaux domaines publics le déshonore!

POMADIN.

On ne peut pourtant pas faire de la forêt de Fontainebleau un champ de betteraves, que diable!

ELVIRE.

A pareille heure, en toilette, dans une forêt! Ne pouvions-nous dîner au restaurant sans écouter ce guide? Ah! mes amis, les jambes me rentrent dans la tête. L'instant des adieux est arrivé. Cher époux! mon fils! messieurs! adieu. Je m'abandonne moi-même sur ce rocher..., aux hasards de la Providence!...

POMADIN.

... Et à l'appétit des fauves.

ELVIRE.

Qu'appelez-vous des fauves?

POMADIN, imperturbable.

D'honorables fils de famille voués à l'étude du paysage, à qui cette forêt sert de repaire ; des peintres, en un mot. Leur haine impitoyable pour les bourgeois fait rage ici. Vous frémiriez, madame, au seul détail de leurs atrocités. Imaginez-vous que ces gaillards-là excitent les vipères contre les visiteurs, outre qu'ils frottent les lézards de vert-de-gris pour les rendre plus venimeux, et qu'ils se revêtent, dans les ténèbres, de peaux de bêtes et courent avec des hurlements à terrifier les vrais lions et tigres de ces parages. En 1865, le crâne d'un membre du jury de peinture fut retrouvé au pied d'un chêne, ses deux tibias et ses lunettes.

GRIFFON, riant.

Ah çà! tarirez-vous, intarissable source à blagues?

(Ils arrivent à un carrefour.)

LISBETH.

Dieu soit loué! voici des poteaux indicateurs.

ÉLOI.

Joliment. Effacés par les pluies.

ELVIRE.

A dessein. Rien ne m'en dissuadera, les agissements de ce guide couvrent quelque mauvais projet.

CLINCLOCH, bas à Éloi.

« Papillonne. »

ÉLOI.

Confiance, ma mère, nous arriverons.

ELVIRE.

La fatigue m'ôte la parole. Quelle journée !
Mais non, mais non, la fureur de versifier
vous eût fait remuer ciel et terre ! Ah! tenez,
monsieur Fax, je ne sais en vérité ce qui me
retient de...

GRIFFON.

Madame, ne gaspillez pas en d'inutiles gé-
missements le reste des forces qui vous restent. (Ils passent.)

SCÈNE II

Une autre partie de la forêt.

———

SATAN, MÉPHISTO, POLICHINELLE,
PAPILLONNE, LULLA, CORTÉGE
FÉERIQUE.

PAPILLONNE.

Ainsi tu l'as guéri de sa jalousie, mon
drôle?

POLICHINELLE.

Net. Maîtresse, la jalousie chez l'homme
réside uniquement dans la nuque; je l'ai bien
vu à mon coup de bâton.

PAPILLONNE.

Quant à nos bourgeois?

POLICHINELLE.

Clincloch les traîne à l'aventure par les taillis et les fourrés, exténués, le souffle aux dents, comme des chevaux de remonte. La nuit met le docteur en considération sur ses propres bravades. Aussi, profond silence dans leurs rangs. Plus un ne parle. On entendrait s'égoutter le gros notaire.

PAPILLONNE.

Qu'un festin leur soit dressé à la Mare-aux-Fées et les réconforte pour les tribulations prochaines.

(Polichinelle, une troupe de Lutins sortent. Entre Lulla.)

LULLA.

Madame, des députations de vipères escortées de crapauds viennent, au nom des bêtes de la forêt, déposer leur venin aux pieds de Votre Majesté et saluer sa bienvenue.

15

SATAN.

Gracieuse Reine, je vole disposer en senti-
nelles pour votre sauvegarde les myriades
de mes démons.

MÉPHISTO, à part.

Hélas! Les myriades!

SATAN.

Tais-toi. Viens.

(Ils sortent. Les députations entrent et défilent à la lueur de
vers luisants portés au bout de brins d'herbe, en guise de
torches, et au coassement de chœurs de crapauds. Elles exécutent plusieurs évolutions et simulent des combats:)

SCÈNE III

————

HYGINIUS, ÉLOI, POMADIN, GRIFFON
CHAMPVEAUPRÉ, LE SECOND TÉ-
MOIN, LISBETH, ELVIRE, CLIN-
CLOCH.

*Une table somptueusement dressée, à quelques pas de la
Mare et devant une hôtellerie d'où entrent et sortent des
marmitons.*

GRIFFON.

Juste huit couverts!

ÉLOI.

Un entendu entre le guide et l'hôtelier.

CHAMPVEAUPRÉ.

Ces grugeurs-là se donnent le mot de plumer à qui mieux mieux les étrangers. Connu. En Suisse, il paraît que la vue du mont Blanc coûte cinquante centimes.

LE SECOND TÉMOIN.

Comme à Naples, celle de la mer, dit-on.

CHAMPVEAUPRÉ.

Une hôtellerie en pleine forêt vierge, tant qu'il vous plaira! Mais ces procédés ne poussent qu'aux abords de votre capitale.

ELVIRE.

Sans doute les rimes vont tomber ici toutes rimées. Un peu d'exercice éveille la verve. Vous voilà, je gage, l'esprit grouillant d'une vermine d'idées de premier choix. Aucune société n'est à cette heure, croyez-le bien, monsieur Fax, mieux disposée que la nôtre à savourer les charmes de la poésie. Ah! votre satanée madrigalisation nous loge tous à une...

GRIFFON, revenant.

A table. A table. Riz de veau à la Toulouse. Ortolans au nid. Canetons Duclerc. Foies gras glacés. Hure... une hure ! Les cuisines sont pleines de victuailles. Une hure de sanglier !...

(Tous s'asseyent et mangent. Vers la fin du repas, Hyginius se lève et tousse.)

POMADIN.

Attention sur le madrigal !

GRIFFON.

Cette hure me rappelle le goût d'une carbonnade à la Brésilienne...

TOUS.

Silence.

ELVIRE.

Quand ce ne serait que pour en finir. Écoutons.

HYGINIUS.

O hymen! ô forêt! ô nuit! Lune! Arbre! Esprit...
Esprit...

L'Esprit doit m'attendre à quelques pas, je
reviens. (Il sort.)

POMADIN, vivement.

Le désespoir peut l'entraîner droit à la mare!

ELVIRE.

Oh! ciel! (Elle sort.)

GRIFFON.

Inextinguible farceur, va.

(Tous deux se regardent en riant.)

CHAMPVEAUPRÉ, à part, un peu gris.

J'ai cru surprendre, durant le repas, quelques œillades de la belle Elvire à mon
adresse. Courage. Le premier mot lâché, la
solitude et la nuit feront le reste. Hé! hé! hé!

(Il sort à la recheche d'Elvire.)

ÉLOI, à part.

Clincloch me fait signe. (Il s'esquive.)

LISBETH, à part.

La bouderie paraît être le caractère de mon mari. J'y mettrai bon ordre... et sans délai. (Elle sort à la suite d'Éloi.)

LE SECOND TÉMOIN.

Madame ! Où courez-vous ? seule ! En fleurs d'oranger ! (Il sort.)

GRIFFON.

Reprenez-vous de cette hure ? Garçon, à boire. Du champagne, bien. Un doigt de Château Yquem, merci. Un soupçon de Chambertin, à merveille. — Garçon, du madère. (Il chante.)

> C'est l'amant d'A
> C'est l'amant d'A
> C'est l'amant d'A...manda.

POMADIN.

L'honneur avant tout, maître Griffon. Votre duel ?

GRIFFON, un peu gris.

Mon duel ! L'oublier ! Je t'en souhaite ! Sus au campagnard ! priez pour lui, docteur. Un *De profundis*, s'il vous plaît, docteur. Préparez la trousse, docteur. Eh ! le sire de Champveaupré ! Où es-tu, bœuf de labour, sac à boyaux, que je réduise ta corpulence à... une hure de sanglier... sauvage ! (Il sort en titubant par le côté opposé à celui de Champveaupré. — Entre un groom, livrée noir et blanc.)

LE GROOM.

Monsieur, suivez-moi. Un carrosse va vous conduire à quelques lieues d'ici auprès de ma maîtresse.

POMADIN, inquiet.

A quelques lieues ?

LE GROOM.

Quels dangers?

POMADIN, avec fatuité.

Aucun pour moi, tu as raison. Tous pour elle.

(Ils sortent. — Rentre Hyginius.)

HYGINIUS.

O hymen ! ô forêt ! ô nuit ! ô Lune ! ô...

(Criant.) Esprit ! Esprit !

(Un bouchon de champagne part, et de l'écume surgit Polichinelle aux couleurs de la forêt, roux et vert.)

POLICHINELLE.

Salamalec, docteur. L'immense azur crépite d'étincelles. Quelle nuit ! regarde. Le ciel est plein d'étoiles. Les branchages sont pleins d'étoiles. Le fond des mares est plein d'étoiles. L'astre des nuits féeriques resplendit. Dans la solennité silencieuse du soir, telle qu'un monstre assoupi, la forêt allonge sans fin sa croupe

verte. Mais rien de ces beautés ne te pénètre,
les gens de ton esprit ne poétisent pas à si
bon marché. Des ailes! Des ailes!... (Il en
plante une paire gigantesque au dos de Fax, et sautant lui-
même sur un bâton.) En selle! Et Dieu garde les
mortels de jurer, cette nuit, par « voir voler
un âne! »

HYGINIUS.

Pourquoi?

POLICHINELLE.

Pour rien. Docteur, lâchez tout !

(Ils s'envolent.)

SCÈNE IV

Parmi des rochers.

———

SATAN, MÉPHISTO.

MÉPHISTO.

Des myriades de démons, quand nous n'en
possédons pas une légion !

SATAN.

La valeur supplée au nombre.

MÉPHISTO.

Pas même un seul !

SATAN.

... Et le prestige à la réalité.

MÉPHISTO.

Soit. Abrégeons. Que prétendez-vous ?

SATAN.

Je te l'ai dit, fifils, abuser de Papillonne par un complet échange de personnalité avec Éloi.

MÉPHISTO.

Quelle indignité de procédé !

SATAN.

Anoblic par... l'importance du résultat.

MÉPHISTO.

Il suit de là ?

SATAN.

... Que je te délègue au rôle de « myriades » pour la garde de la forêt.

MÉPHISTO.

Myriades ! A moi seul ?

SATAN.

Écoute encore. Afin de rivaliser de politesse avec notre délicate Papillonne, je prétends la régaler d'une chasse, au déclin de la nuit, avant le retour de sa mignonnette personne au delà des astres.

MÉPHISTO.

Bonne occasion pour vous d'enfroquer votre premier ministre d'une défroque de chasseur.

SATAN.

Mieux encore. Multiplie tes facultés : tu portes en toi ma meute !

MÉPHISTO, éclatant.

Par les huit cent cinq mille rôtisseries à notaires et à banquiers de votre flamboyante boutique, enseignez-moi de grâce à paraître à la fois dix mille hommes de garde et deux cents chiens de meute princière ?

SATAN.

Dixi.

(Méphisto sort. Entrent Éloi et Clincloch.)

ÉLOI.

Quel mal nous avons eu à dépister cette petite campagnarde rougeaude et bête. Ah! Clincloch, penser qu'elle est ma femme!

SATAN, à part.

Sa femme! C'est Éloi. (Surgissant.) Qui va là?

ÉLOI.

Un orang-outang! Pitié, monsieur. Ne me tuez pas. Ma bourse pour ma vie.

SATAN.

Ni l'une ni l'autre, généreux trémolo. Ma cruauté se borne à une simple poignée de main. (A ce contact, chacun prend l'extérieur de l'autre. Éloi se sauve.) Comment! Je me sauve! Pas d'équivoque, c'est lui. L'habitude d'être moi-même m'illusionne. (A Clincloch qui est tombé d'effroi la face contre terre.) Debout, Clincloch. Volons vers Papillonne. Par le ciel, nous venons de l'échapper belle ! (Ils s'éloignent.)

SCÈNE V

Venise au xvie siècle. — La nuit. — La place Saint-Marc.

———

HYGINIUS, POLICHINELLE.

POLICHINELLE.

Stop! Venise. An de grâce 1550.

(Ils s'abattent sur le lion de la colonne.)

HYGINIUS.

Il y a parfois dans les événements les moins
contestables de quoi déconcerter les cervelles
les plus familières aux miracles de la science.
Par exemple, mes collègues de l'Institut se
résoudraient-ils jamais à convenir d'une pareille aventure, et qu'en un rien de temps

mes ailes m'aient porté de France en Italie à travers trois siècles?

POLICHINELLE.

D'une vitesse supérieure de dix-huit kilomètres, un quart, plus $\sqrt{\text{R}} - \text{z} + \frac{2}{8}$ par seconde à la pensée.

HYGINIUS.

Le moyen d'en convaincre la critique dans mes futures « Relations? »

POLICHINELLE.

Relatez toujours. Ou vous convaincrez la critique, docteur, ou c'est elle qui vous convaincra. Une place déserte. Descendons.

(Ils descendent. Entre Zanetto.)

ZANETTO.

Signor, votre serviteur.

HYGINIUS.

Plaît-il?

ZANETTO.

La dame qui m'envoie prime en noblesse et en beauté les plus éclatantes patriciennes.

HYGINIUS.

Eh bien?

ZANETTO.

On ne peut la voir sans amour, ni lui parler d'amour autrement qu'en vers.

HYGINIUS.

Qu'en vers !

ZANETTO.

Interrogez tous les galants de Venise, pas un que l'éclat de sa beauté n'ait rendu poète. Cette femme a occasionné plus de madrigaux qu'elle n'a, par son impitoyable dédain, fait couler de larmes.

HYGINIUS.

Pas un que l'éclat de sa beauté n'ait rendu poète !

ZANETTO.

Son cœur s'émeut cette nuit, pour la première fois depuis longtemps.

HYGINIUS.

Ah ! ah !

ZANETTO.

En votre faveur.

HYGINIUS.

Ah çà, mauvais plaisant...

ZANETTO.

Elle vous a remarqué.

HYGINIUS.

Au sommet de cette colonne ?

ZANETTO.

« Zanetto, amène-moi ce signor sur-le-
champ. » Signor, ma gondole attend.

HYGINIUS.

Une intrigue ! A mon âge ! Et dans des conditions...

POLICHINELLE.

Affriolantes ! docteur. Prenez garde. Dans
ce pays-ci, un refus, un coup de poignard,
tout s'enchaîne.

HYGINIUS.

Soit.

(Ils sautent dans la gondole qui s'éloigne.

Une rue.

HYGINIUS, POLICHINELLE,
ZANETTO, en gondole.

POLICHINELLE.

Jugez de l'importance de l'amour dans les

mœurs de ce peuple aquatique, docteur.
L'amour fait ici l'unique occupation. Le jour
se passe à rêvasser au bord de la mer, dans
l'impatience de la nuit; car, en amoureux
quintessenciés, les Vénitiens idolâtrent la
lune, dont la pâleur s'harmonie à l'alanguis-
sement de la passion et leur fleurit le cerveau
de rimes. Aux premières blancheurs de l'astre, les gondoles accourent sous les balcons
ou s'envolent à l'Adriatique; et jusqu'au matin, de toutes parts, le ciel retentit de duos
d'amour. Voyez plutôt, docteur. Le long de
cette rue pas une échelle de soie qui ne balance un amoureux. Les escalades se nom-
brent aux balcons; et je gage le grand canal
contre un rubis de Syracuse qu'au pied de
chaque fenêtre soupire un délaissé, debout
sur sa barque et sa complainte au bec.
Écoutez.

UNE VOIX.

La lune étincelle;
Viens dans ma nacelle,
   O celle
Qui fais tous mes vœux.

Viens sur la lagune
Au clair de la lune,
Viens, une...
Viens, une heure ou deux.

POLICHINELLE.

Et cet autre.

UNE AUTRE VOIX.

La lune étincelle
Viens dans ma nacelle,
O celle

. . . .

POLICHINELLE.

Cet autre encore.

UNE AUTRE VOIX.

La lune étincelle
Viens dans ma...

. . . .

POLICHINELLE.

Voilà Venise, maître. La vraie Venise du
XVI° siècle, toute bourdonnante de chants
d'amour.

ZANETTO.

Nous approchons. Ah ! tous ces beaux énamourés, même les mieux lotis ! foi de Zanetto, il n'entrerait dans la cervelle d'aucun de préférer son sort au vôtre, signor.

POLICHINELLE.

Par malheur, la lune se voile.

(La gondole aborde un magnifique perron de marbre.)

ZANETTO.

Chantez, pour avertir.

HYGINIUS.

Éclipse totale. Quelle fatalité ! (Paraît la dame, masquée, qui se glisse dans la gondole. A part.) La taille et la rondeur d'Elvire!

L'INCONNUE.

Au large, Zanetto !

Sur l'Adriatique.

POLICHINELLE et ZANETTO assis à l'avant et causant; HYGINIUS et L'INCONNUE dans la felce sur les coussins. Nuit étoilée.

POLICHINELLE.

Ainsi ta maîtresse est fort belle, petit?

ZANETTO.

Au delà de toute expression, signor.

POLICHINELLE.

Et ce métier te convient?

ZANETTO.

Oui, non. Parbleu! ma généalogie vous épaterait. En secret, signor, je suis tout bonnement un rayon de lune, oui, sous cette chemise de Zanetto. Un rayon de lune, en Zanetto pour la circonstance, rien de plus; et au service de la Lune.

POLICHINELLE.

Ah bah !

ZANETTO.

Sans blague.

POLICHINELLE.

Eh bien, tu dois en avoir vu de raides,
petit, depuis l'affaire d'Endymion ?

ZANETTO.

Oh ! de très raides, signor.

POLICHINELLE.

Conte-moi ça, Rayon-Zanetto...

(Dans la felce.)

L'INCONNUE.

Tout doux. Fermez vos ailes, beau cygne
de Léda. Couchez-vous à mes pieds, ainsi,
vos mains dans les miennes, vos regards sur
les miens. Je t'ai choisi, ô Fax, parmi tous
mes adorateurs, dont pas un certes n'échan-

16

gerait pour dix éternités de prosodie la vertu poétique d'un de mes baisers. La douceur de ma vue seule inspire. Tous me célèbrent à l'envi, mélancolique promeneuse au fond du ciel, astre aux clartés féeriques, ou naïade endormie au balancement silencieux des flots...

HYGINIUS.

Qu'entends-je, madame? Seriez-vous la Lune?

L'INCONNUE, se démasquant.

Dans son plein!

HYGINIUS.

Est-ce possible? Quelle découverte pour mes collègues de l'Institut, faussement entichés à vous prendre jusqu'ici, madame, pour un monde inhabitable, avec ses mers et ses continents, sa rotation, son apogée, son périgée, et quarante-neuf fois moindre que le nôtre. Excusez un étonnement causé par la force de la routine. La Lune!... Sur la

terre!... Dans mes bras!..: *Deus ecce Deus!*...
Bacchatur Vates!... Une lyre! Une lyre!...

(Penché sur la Lune qui s'assoupit.)

O lune! ô mer! ô nuit! ô coussins! ô gondole!

Pour le deuxième vers une pensée rimant en
ole, et en même temps très... Épaule. Gau-
driole.

O lune! ô mer! ô nuit! ô...

Quelle particularité d'être sans cesse arrêté
par la rime du second vers, quand celle du
premier file à ravir! Non, la tête m'en éclate
de dépit. Fort bien! De la colère à présent.
Une bonne conseillère en élégie. Ah! incorrigible chien! au lieu d'attendre sans empor-
tement que l'idée vienne de son gré au-devant
de la rime, attirée par elle... Me voilà tout
en nage! Le charme détruit! La verve
éteinte! Quelle honte à son réveil! Fuyons. La
faute en est mon indomptable pétulance.
Holà! Esprit, vite, à tire-d'aile.

(Ils s'envolent.)

SCÈNE VI

Une rue à Madrid.

POLICHINELLE, HYGINIUS à l'écart,
DEUX MADRILÈNES.

PREMIER, drapé d'un long manteau sombre, le feutre rabattu.

Salut, don Aurélio. Quoi! sous les fenêtres mêmes du palais ducal! Votre sexagénaire amour pour cette jeune fleur d'Andalousie, seigneur, pourrait bien, un beau soir...

SECOND, même costume. Une guitare.

... Me coûter la colère du Duc. Après?

PREMIER.

Adieu, seigneur. Conseiller un fou, autant incendier le Manzanarez. (*Exit.*)

SECOND, chantant.

Toi que j'adore,
Ma Léonore,
Vois dans la nuit
Mon œil qui luit.

POLICHINELLE.

Vertu de ma trompe d'Eustache ! Insalubre miauleur de turpitudes, à tous les clystères grinçants des enfers !

L'HOMME, lâchant sa guitare.

Des espions du Duc ! (Il se sauve.)

POLICHINELLE.

A vous l'instrument, docteur. Vite un crin crin. Chantez. Les premiers vers venus. A votre fantaisie. Vaille que vaille. Hardi ! Une ombre paraît au balcon. Celle d'une femme !

HYGINIUS, bas.

Ne pourrais-tu me souffler la moindre rime ?

16.

POLICHINELLE.

On vous déroule une échelle. Prudence,
Docteur. Chantez d'abord, vous grimperez
après la réponse. L'Espagne, une belle, un
balcon, l'occasion vous force à la poésie. Ah
çà, caboche bréhaigne, chanteras-tu ?

HYGINIUS.

Les yeux de cette belle enfant m'inspire-
ront mieux de près. (Il grimpe.)

LE DUC, sur le balcon.

A moi !

POLICHINELLE.

Pincé ! A mi-chemin ! Me trompé-je ? (Il se
dissimule. Une foule de soldats et de serviteurs, avec des
flambeaux et des bâtons, envahissent le balcon et la rue.
Paraît la Duchesse.)

LE DUC, la prenant par la main.

Venez, épouse bien-aimée, que votre vertu
éclate aux yeux de tous. A vous seule, chère
femme, revient tout l'honneur de cette ruse

que votre fidélité m'a conseillée contre l'importunité de ce maroufle.

LA DUCHESSE.

Monseigneur, ces longues ailes noires ! ces yeux vitrés ! cette posture !...

LE DUC.

Je vous abandonne ce chat-huant de carnaval pour un supplice de votre choix, madame, et digne, s'il se peut, d'un tel excès d'audace.

POLICHINELLE, à part.

Hélas ! où conduit la poésie ?

HYODNIUS, sur l'échelle.

Quelle merveille que l'insaisissable enchaînement des faits, par quoi nous glissons d'une entière sécurité dans la catastrophe ! L'histoire en déborde de leçons. Certes, madame, nous différerions jusqu'à la mort chacun des plus ordinaires de nos actes, si nous pouvions aller d'une vue à leurs conséquences extrê-

mes. Tout naît de rien, en métaphysique et
dans la vie. Et si je n'eusse gaulé des noix,
en Normandie, à sept ans, un matin d'août,
par gaminerie, je n'aurais de ma vie rencon-
tré Champveaupré, ni apparenté mon fils à
sa Lisbeth, ni prétendu égayer la noce d'un
impromptu, ni évoqué d'Esprits, ni reçu le
surnom de nourrisson des Muses, ni par-
couru la plus grande forêt de France, ni ré-
trogradé de trois cents ans pour venir m'a-
battre à Venise sur un monument, ni promené
la Lune en gondole avec Polichinelle, et je ne
serais point sur cet échelon maudit, réduit à
cet état de détresse par la méprise la plus
funeste.

LE DUC.

De quel ramage prétend-il nous payer?

HYGINIUS.

Fax Hyginius, sous-bibliothécaire à l'Institut, membre des Sciences morales et politiques, auteur de...

LA DUCHESSE.

Quelque bouffon de profession, monseigneur, mais dont la médiocrité d'esprit compense mal l'outrecuidance.

LE DUC.

Pour prix de ces détestables piaulements, et afin d'éviter pareil supplice aux autres jeunes dames de cette ville, je prétends que, sous peine du bâton, ce coquin nous régale de compositions compatibles au bon goût et à la poésie. Sur l'heure.

POLICHINELLE, à part.

Autant l'engluer pour l'éternité sur cette échelle.

HYGINIUS.

Qu'à cela ne tienne, mais... pourtant... (Sur un signe du Duc, on bâtonne Hyginius.) Si l'on me revoit jamais prendre goût pour un exercice parnassien !...

POLICHINELLE, à part.

Serment d'ivrogne!

(Même cérémonie.)

HYGINIUS.

Au secours! A l'aide! Esprit!

POLICHINELLE.

A quoi bon les ailes, savantissime?

HYGINIUS.

A voler, corbleu! J'oubliais que j'étais
poète!

(Ils s'envolent.)

SCÈNE VII

Dans la forêt.

——————

ÉLOI.

ÉLOI, appelant.

Clincloch! Clincloch!... La peur ajoute à ma lassitude, comme si de tous les buissons allait de nouveau sortir ce fantôme avec son horrible poignée de main. Attendons le jour ici. (Il tombe sur une pierre.) Choisir la nuit de mes noces pour une première escapade, quand la haute position de mon père... Ah! ma mère! ma pauvre mère!... (Il pleure. — Entrent Papillonne et Lulla.)

LULLA.

. Plus de doute sur sa voix. C'est lui.

PAPILLONNE.

Sous les traits do Satan!

LULLA, riant.

Une ruse de roquentin. Ma prédiction, madame. Bonsoir, beau jeune homme.

ÉLOI, bondissant.

Vous ici, mademoiselle!

LULLA.

... Et ma maîtresse. Jouez donc l'étonné.

ÉLOI.

Papillonne! — Les larmes conseillent et fortifient. — Madame, n'importe où dans cette forêt, il y a une innocente jeune fille que la loi vient de m'accorder; je ne consentirai jamais à en faire la victime de ma luxure. Partez, oubliez-moi. Adieu.

LULLA.

Petit cœur de fer! sans seulement avoir baisé la main de madame.

ÉLOI.

Madame, la haute position de mon père à l'Institut, mon titre d'avocat, celui de futur attaché d'ambassade ne me défendent que trop...

LULLA.

Godichon!

ÉLOI, se troublant de plus en plus.

La crainte de ne pouvoir maîtriser le trouble où je suis déjà... Épargnez-moi, par pitié, madame, le remords de... Je suis perdu, je le sens, mais vous allez vous montrer la plus forte, il le faut. Le reste ne serait pas convenable...

LULLA.

Convenable! Et madame qui reste là toute méditative!

PAPILLONNE, bas.

Cruelle déception! Plains mon désespoir, Lulla; mais, malgré tout mon amour, comment approcher mes lèvres de cet infernal museau?

LULLA, bas.

Résignons-nous au platonique, sans mélange.

ÉLOI, tombant à genoux.

Votre beauté m'enivre, adorable Papillonne, et mes plus sévères résolutions...

LULLA, le repoussant.

Un homme marié, parler de la sorte! Fi!

ÉLOI.

Ne suis-je point ce que vous espériez?

LULLA, même jeu.

Prenez un langage plus compatible avec la haute position de monsieur votre père.

ÉLOI.

Votre silence me tue, madame.

LULLA.

Avocat, songez à la dignité de votre toque.

ÉLOI.

Oh! ma Papillonne, je t'aime!

LULLA.

Un futur attaché d'ambassade! Pensez-vous être convenable?

PAPILLONNE, à part.

Hélas!

SCÈNE VIII

Un cimetière éclairé par la lune.

POMADIN, LE GROOM.
(Ils entrent.)

POMADIN.

Un rendez-vous dans un cimetière ! Ta maîtresse, d'après cela, petit, doit être un tant soit peu mélancolique ?

LE GROOM.

De la tête aux pieds, monsieur.

POMADIN.

Tu conçois, si, ayant occupé ma vie à l'amour, je suis au fait de ces remarques et connaisseur en aventures amoureuses.

LE GROOM.

Ce qui n'empêche pas que vous allez voir du nouveau.

POMADIN.

Quelle prévention!

(L'oratoire d'un tombeau s'ouvre; sort un squelette.)

LE SQUELETTE.

Je ne me trompe pas. Votre serviteur, Pomadin.

POMADIN.

Ciel!

LE SQUELETTE.

Pas d'étonnement, docteur. « Les gens que vous tuez se portent assez bien. » Vrai? vous ne me remettez pas?

POMADIN.

Où suis-je?

LE SQUELETTE.

Docteur, ce sternum en parfait état vous
représente un marquis décédé, par vos soins,
à la fleur de l'âge. Ne cherchez pas. Votre
mémoire y passerait

POMADIN.

Monsieur du Ponceau ?

LE SQUELETTE.

Pas le moins du monde.

POMADIN.

Monsieur de Prébel ?

LE SQUELETTE.

Nenni.

POMADIN.

Monsieur de Jaunac ?

LE SQUELETTE.

Il les dira tous.

POMADIN.

Monsieur de Montauran?

LE SQUELETTE.

Mon gendre ! Vous brûlez.

POMADIN.

Quoi ! Monsieur le marquis de Livry !

LE SQUELETTE.

En air et en os. — Eh ! Georges, dis donc.
(Il frappe à la porte d'un autre oratoire.) Une visite. Devine.

UNE VOIX, de l'intérieur.

Le Père Éternel.
(Paraît un squelette d'ex-beau, voûté, cassé, un monocle
dans l'orbite gauche, ganté de jaune. Zézayant.)

GEORGES.

Zézu Dieu ! Pomadin ici ! Ah, mon cer,
quelle surprise ! Holà, Hector ! Zules ! du
Ponceau ! Prébel ! Zaunac ! Montauran ! Par

ici, arrivez donc... (De toutes parts arrivent une foule de squelettes.) Messieurs, ze vous présente ce cer docteur, mon meilleur ami Un zour de spleen, la lassitude de la vie me gagnait, ze pris Pomadin.

DE JAUNAC.

Un suicide comme un autre.

DE MONTAURAN.

Plus sûr.

DE LIVRY, montrant leur nombre.

A preuve.

DE PRÉBEL.

Mon histoire, à moi, se compose d'un gêneur qu'aux premiers éternuements d'un simple rhume, sa femme confia à Pomadin, etc., etc. Sans rancune, Hippocrate.

DE LIVRY.

Toujours guilleret, ce cher bon. Ah çà, docteur, pour ne point encore avoir trépassé, en quoi diantre êtes-vous donc?

PLUSIEURS VOIX.

En vie.

(Entrent d'autres squelettes.)

DE JAUNAC.

Bravo les femmes !

CLORINDE.

Bonsoir, Dindin ; on ne reconnaît plus sa petite Cloclo ?

LOLA.

Toujours farce, c't'apothicaire !

PLUMETTE.

Soigne-moi, docteur, je redemande à vivre.

SUZANNE.

Il va te retuer.

DE LIVRY.

Ma foi, Pomadin, sans façon, restez-vous des nôtres ! Plus de tracas. Vingt heures de

17.

sieste par jour. Grâce à vous, des femmes et des amis à fosse que veux-tu, sinon vivants, tous bons viveurs, prenant leur éternité en patience et riant à trente-deux dents de la grande farce de la vie.

GEORGES.

Cette nuit, le petit Zaunac régale, çacun son tour. A votre service, mon cer. Avenue « Requiescat. » Le second mausolée à droite, marbre et or. Rafraîcissements de çoix. Le concierze du cimetière est gagné.

DE JAUNAC.

Messieurs et mesdames, trêve d'importunités; je flaire une amourette. Pas d'indiscrétion. Bonne chance, docteur. Une recommandation : quelques visites à nos laquais, nous en manquons.

DE PRÉBEL, ayant Clorinde et Plumette à ses bras.

Mais pas à nos femmes. Par la raison contraire.

PLUMETTE.

Docteur, si vous êtes content et satisfait, envoyez-nous du monde.

CLORINDE.

Au revoir, docteur.

TOUS.

A bientôt.

(Ils se dispersent en causant, riant, par couples, par groupes...)

LE GROOM.

Monsieur, j'aperçois ma maîtresse, assise, là-bas, sous ce bosquet de cyprès.

POMADIN.

Je suis mort.

LE GROOM.

Avec cet air de tristesse, vous vous moquez?

(Exeunt.)

Une autre partie du cimetière. — Un bosquet de cyprès.

POMADIN, une FEMME VOILÉE.

LA FEMME VOILÉE.

Je ne doutais pas de votre complaisance, monsieur.

POMADIN.

Tout le mérite vous en revient, madame.

LA FEMME VOILÉE.

Je tenais, avant tout, à justifier l'apparente légèreté de ma conduite; toute mon excuse, monsieur, vient d'un sentiment d'extrême reconnaissance qui m'anime en faveur du plus ardent partisan de ma fortune; un partisan d'un zèle à toute épreuve et d'un incomparable dévouement.

POMADIN, galamment.

Enviable mortel !

LA FEMME VOILÉE.

... Qui ne regarde pas à la vie des gens pour me complaire et vous les envoie de terre *ad patres,* comme on respire. (Se levant.) Je hais tout ce qui vit d'une haine implacable, et que la destruction partielle des êtres attise sans assouvir. Faucheur infatigable, je fauche, et derrière mes pas, la moisson coupée reverdit sans cesse ; et les sèves, taries au vent de ma faux, rejaillissent ; et tout ce que j'abats reprend ; et mon acharnement s'en exaspère... Hourra ! hourra !... L'anéantissement du monde m'est promis !...

POMADIN, terrifié.

Miséricorde ! Le nom de votre partisan ?

LA FEMME VOILÉE, se dévoilant.

Pomadin.

POMADIN, trébuchant à la renverse.

La Mort !

LA MORT.

Le célibat me pesait, mon bon. Puis, laisser s'étioler sans fin ma royale virginité... J'ai jeté les yeux sur mes bien-aimés sectaires. Chez tous éclatait une égale aversion pour la guérison. Embarras du choix. Tu l'emportes pourtant, docteur.

POMADIN, à part.

Épouser la Mort!

LA MORT.

Voici venir dans la solitude de ce sentier un couple de jeunes amoureux, nouvellement réunis ici par nos soins, docteur. Observons-les. Puisse leur démarche alanguie et la tendresse de leurs propos nous servir à tous deux d'exemple.

POMADIN, tremblant de tous ses membres.

Sans contredit, ma tourterelle.

(Passent deux squelettes d'amoureux effeuillant une marguerite.)

PREMIER.

... Il m'aime...

SECOND.

Avec toi, ma bien-aimée, l'amour disparut de la terre.

PREMIER.

... Un peu...

SECOND.

Il n'y eut plus de fleurs, ni de saison de fleurs. Le rire s'éteignit, et les plaisirs processionnaient devant moi en lugubres fantômes, drapés de deuil.

PREMIER.

... Beaucoup...

SECOND.

La brusque éclipse du soleil ferait le ciel moins noir que ton départ n'enténébra mon âme.

PREMIER.

... Passionnément...

SECOND.

Ce fut une solitude en mon cœur, où ton nom sonnait comme un sanglot. Enfin le désespoir de vivre me saisit.

PREMIER.

... A la folie !

SECOND.

Et maintenant, quel lit nuptial vaut notre tombe ? Quels nuits d'amour valent les nôtres, hors de prise de l'envie et de la durée ? L'univers peut finir, mais qu'importe à nos serments ?

(Ils passent.)

LA MORT.

Eh quoi ! vous restez devant moi sans un geste, un mot, un regard qui trahisse le moindre penchant pour ma personne ?

POMADIN.

Beaucoup. A la folie. Ma personne... (Il s'évanouit.)

LA MORT.

Holà ! Stryges, Goules, Larves, Harpies, rampez, volez, proclamez à tous mon hymen. Debout, mon Adonis. Apprêtez-vous à recevoir les hommages de vos vasseaux.

POMADIN.

Sans contredit, ma poulette.

(Entrent de Livry, de Jaunac, de Prébel, etc.)

TOUS.

Vive la Mort! Vive la Médecine !

DE MONTAURAN.

Ah! Docteur, quelle union !

DE LIVRY, à part.

La fin du monde est proche.

DE JAUNAC.

Le mérite a si rarement sa récompense.

DE PRÉBEL, bas.

Elle vous devait bien ça, après tout ce que vous avez fait pour elle.

GEORGES.

Mon cer, mes très sincères. Zézu Dieu! Si de Zaunac et moi nous nous attendions...

CLORINDE.

Dindin, un service. Comprends le petit René de Sivrac dans l'hécatombe que tu vas offrir en cadeau de noce.

PLUMETTE.

Et chose..., machin..., boulevard..., numéro... Tu chercheras dans Bottin, merci d'avance.

LOLA.

Quel chanceux, ce chair et peau !

SUZANNE, avec une révérence.

Docteur, saluez la marraine de votre cinquième.

LA MORT.

Avant de savourer les joies promises à l'hymen, consentez, cher époux, à me suivre à la Mare-aux-Fées, où notre bien-aimé cousin, Satan, doit réjouir sa dulcinée d'une chasse, avant le lever du jour. Notre absence y serait taxée de lèse-parenté. La nuit s'avance. Allons ! que nos ossatiques sujets se disposent à nous faire cortège.

SCÈNE IX

Dans la forêt. — Sur le bord de la Mare-aux-Fées.

SATAN, sous les traits d'Éloi. LISBETH.

SATAN.

Ces lacis inextricables de petits sentiers m'ont dépisté. Écoutons si quelque éclat de voix pourrait me ramener vers Papillonne.

LISBETH, entrant.

Éloi ! Enfin !

SATAN, à part.

Fleur d'oranger ! mon épouse !

LISBETH.

Mes compliments, monsieur. Pas un traître mot durant le repas ; après quoi, vous disparaissez. Que vous dirai-je ! Ah ! tenez, Éloi, c'est indigne... (Elle pleure.)

SATAN, à part.

Quelle tuile ! Au large.

LISBÉTH.

D'abord, votre bras. Je vous défends de me quitter dorénavant d'un pas, entendez-vous ? Vous vous promènerez plutôt sans jambes que sans moi. Gardez-le pour dit, je ne suis pas femme à me laisser bâter sans ruade.

SATAN, à part.

Penser qu'on a créé l'enfer et qu'on avait le mariage. Comment rejoindre Papillonne !

LISBETH.

Fort bien. Collez-vous la langue au palais plutôt que de l'user à un mot de repentir. En mariage, mon cher mari, qui bourse a sceptre a, ne l'oubliez point, Éloi, et c'est ma dot qui constitue tout notre avoir.

SATAN, à part.

O ma fausse peau, tu t'es apanagée d'une jolie compagnonne !

LISBETH.

Çà, en fin de compte, parlerez-vous?

SATAN.

Oui, si vous ne vous en acquittiez pour tous deux.

LISBETH.

Dieu! cette voix!

SATAN, vivement.

... N'est autre que la mienne, ma Lisbeth, assourdie par l'humidité et tremblante de regret pour ma conduite.

LISBETH.

C'est bon. Rentrons à l'auberge, où nos chambres sont préparées. Un bon sommeil vous remettra.

SATAN, à part.

Le moyen de fuir? (Haut.) Un bon sommeil, la nuit de noces, vous riez?

LISBETH.

Sommeil ou non, suivez-moi.

SATAN, à part, ricanant.

La suivre ! Au fait, mon vieux luron ?

LISBETH.

Que marmottez-vous encore là ?

SATAN.

Prenez garde, Lisbeth, ces nuits-là, les maris ont le diable au corps.

LISBETH.

Ne balivernez plus tant et marchons.

SATAN.

« Tel court un lièvre qui en tue deux. » Qu'on m'enseigne en quoi ce proverbe vaut pis qu'un autre.

LISBETH.

Allons ! allons !

SATAN, à part.

O innocence de l'innocence ! (Ils sortent.)

SCÈNE X

Une autre partie du bord de la mare.

———

CHAMPVEAUPRÉ, ELVIRE.

ELVIRE.

Maudite flaque! Nous avons beau nous orienter de cent mille façons, nous passerons la nuit autour de ce bassin sans retrouver trace d'une auberge qui n'est pas, je gage, à huit pas d'ici. Si l'on me repince jamais dans une forêt, je...

CHAMPVEAUPRÉ.

Modérez-vous, chère dame. Les astres reluisent sous l'eau comme des louis d'or battants neufs..., à une profondeur, Dieu sait quelle! Trente brasses, au moins. Dieu sait aussi que cette monnaie céleste vous flue entre les doigts ni plus ni moins qu'une vraie monnaie. Dieu sait encore en quelle transpiration m'ont mis vos marches et contremarche, chère femme, et l'effet d'un bain froid en pareil cas. Le grand Alexandre y faillit périr. « Alexandre se jetant en sueur au milieu du fleuve, malgré les remontrances de ses soldats. » J'ai l'histoire de ce héros en douze assiettes coloriées. Eh bien! sur mon honneur, madame, vous me verriez plonger non moins qu'Alexandre, si la fantaisie vous prenait de tous ces astres pour parure.

ELVIRE.

Dieu sait, notre ami, que vous me débitez là un mensonge par mot et que vous feriez beaucoup mieux de vous taire. Autant dire que si je ne m'atourne jamais que de vos astres...

CHAMPVBAUPRÉ.

Eh! me pensez-vous assez simple moi-même que de me refroidir, au risque de la vie, à vous pêcher des reflets de lumière? Parbleu! Prenez Alexandre, vos astres et

18

mon plongeon à leur valeur, comme un langage d'amoureux semblable à tous les langages d'amoureux, bon à protester de mon amour, et sans autre conséquence. Les âmes des galants ne sont pas plus des papillons que les yeux des belles des lumières; pourtant la chanson le chante en toutes lettres.

ELVIRE.

Les serments nés hors raison sont comme les enfants nés hors mariage, dont on se justifie par le désaveu.

CHAMPVBAUPRÉ.

Que voulez-vous dire?

ELVIRE.

Allons, une suprême tentative par ce sentier, mes forces sont à bout. (Ils s'éloignent.)

SCÈNE XI

Près de la mare.

LE SECOND TÉMOIN, LE PRINCE CHARMANT.

LE SECOND TÉMOIN. (Seul, devant la table du festin.)

Raisonnons. Autant boire en plein air que de s'encloîtrer dans une bicoque. Les gens d'esprit disent l'effet du vin terrible sur les natures pacifiques. Sottise! La furie de Mars est un charançon auprès du délire de Bacchus. A bas Mars! Évohé! Buvons. (Il boit.) Topons. Dix capitales arderaient du feu qui incendie un ivrogne. Je vends du courage à dix armées. Un coup de vin vous électrise un limaçon et vous entigre un clerc de notaire. Raisonnons. Je ne sais quoi me retient de raser d'importance ce parc à l'anglaise...

(Il lance son verre contre la forêt.) Je ne suis pas plus ivre qu'une carafe. Une pointe de jovialité !...

(Le Prince Charmant, orné de ses cornes et vêtu en femme, descend sur un Zéphyr.)

LE PRINCE CHARMANT.

Merci, doux Zéphyr. (Le Zéphyr s'incline et repart.) Cet acte inouï dans les fastes d'aucune royauté d'un bouffon bâtonnant son roi révèle un coup monté par ma femme et mon régicide afin de décamper plus aisément. A cette heure, ma cour est déserte. Impuissant à me décider entre un déshonneur réel et un apparent, entre le dégoût de l'immortalité et l'épouvante de la mort, je cède à un suprême désir : au rapport de mon devin, le hasard doit m'offrir, dans ce bois, la rencontre du jeune mortel en faveur de qui le sort m'accable. Le châtiment de ce drôle par mes propres mains suffira à me consoler de tous mes malheurs. Le jeter aux bras de Papillonne, tronqué ! écorché vif ! J'espère pouvoir sous ce vêtement de femme...

LE SECOND TÉMOIN.

Une femme ! oh ! (Il se jette aux pieds du Prince.)

LE PRINCE CHARMANT.

Serait-ce toi, mortel?

LE SECOND TÉMOIN.

Moi-même.

LE PRINCE CHARMANT

O ma rage, contiens-toi!

LE SECOND TÉMOIN.

Raisonnons, Déesse. O tombée du ciel! Je
devine Diane à tes cornes. Un lieu désert!
Une Déesse! Passé minuit!... Flirtons !

LE PRINCE CHARMANT.

Ce dernier outrage me manquait! .

LE SECOND TÉMOIN.

Tu ne peux m'échapper.

LE PRINCE CHARMANT.

Ni toi. (Il le renverse et le bourre de coups.)

18.

LE SECOND TÉMOIN, ripostant.

J'ai pris la Grêle pour Diane!

LE PRINCE CHARMANT.

Je suis mort!

LE SECOND TÉMOIN.

Quelle bourrade!... Ma tête, une outre de vin, où les idées flottent, flottent... Une femme! Passé minuit! Flirtons..., ton taine..., ton ton... (Il tombe en ronflant sur le Prince, à la traverse.)

SCÈNE XII

Dans la forêt.

GRIFFON, à quelques pas d'un haut rocher.

GRIFFON.

La peur m'a dégrisé de ma griserie. Constrictors! Tout ce que je vois me semble constrictor, et cette forêt une forêt de boas constrictors dressés sur leurs queues et sifflant dans le vent. Cette hallucination me rappelle une annonce de roman sur les boulevards: deux matelots ensanglantés aux prises avec un de ces animaux, au fond d'une forêt d'Amérique.—Hein? Qui va là? A force de vouloir égarer mon adversaire, je me suis bellement perdu!... Les naturalistes leur assignent des digestions de six mois et vont jus-

qu'à soutenir qu'ils avalent impunément un
homme avec ses cornes, sans... Hein? Où en
étais-je?... Quel réveil demain pour ma pauvre femme! Mon Gri, dira-t-elle, mon pauvre
Gri, perdu, mangé, dévoré par les constric...
Et la joie des clercs à mon absence, puis les
cancans; mes enfants orphelins; les journaux
du soir : mystérieuse disparition... Brrrr...
Ciel! (Il se retourne et aperçoit son ombre sur le rocher.)
Champveaupré! Nasarde au point d'honneur,
cher ami. Pas d'effusion de sang. En plein
jour, devant témoin, avec scandale, je ne
nie pas; mais ici, la nuit, au fin fond d'un
bois, de notaire à fermier... A l'amiable,
Champveaupré, j'accepte, une fois n'est pas
coutume. Cajolez sa femme, je m'en burle.
Votre main. Cette réconciliation me rappelle
un interminable procès qui... Malgré la
ressemblance..., cette grosse silhouette..., ce
n'est pas là Champveaupré!!! Mais qui donc,
alors?... (Il s'enfuit à toutes jambes, poursuivi par son
ombre.)

SCÈNE XIII

Sur le mont Ida.

———

POLICHINELLE, HYGINIUS.

HYGINIUS, s'arrêtant essoufflé.

Halte. Un répit. Et puis, je ne me sens pas
bien. Ces eaux sacrées me travaillent.

POLICHINELLE.

Les eaux d'Aganippe et du Permesse?

HYGINIUS.

J'en ai trop bu.

POLICHINELLE.

Vous travaillent, dans quel sens?

HYGINIUS, se frottant le ventre.

Le mauvais.

POLICHINELLE.

Aux uns l'inspiration, aux autres la coli-
que : affaire de tempérament. L'étoile, ap-
pelée par le rêveur « triste larme d'argent
du manteau de la nuit, » est pour le matelot
un bon signe, pour le navigateur un guide,
à l'astronome un monde, au vulgaire une
étoile, un bec de lumière, ainsi de suite. De
nos jours, goutte, veuvage, spleen, sciatique,
anémie, désœuvrement vont se guérir au
même verre empuanti. Orphée chanta, vous
courez au buisson, les effets varient avec les
gens. Ce bavardage a pris le temps de vous
remettre. Quelques pas encore.

HYGINIUS.

Le piteux résultat de tes précédentes expé-
riences me laisse quelques scrupules au sujet
de ces trois Déesses.

POLICHINELLE.

Une seule suffit à inspirer Lucrèce !

HYGINIUS.

Que Pâris n'est-il redescendu d'ici un grand
poète !

POLICHINELLE.

Tirez une fleur d'un caillou ! Je vous le
répète, maître, cela dépend, et il y a des
organisations si réfractaires !...

Une autre partie du mont.

POLICHINELLE.

Nous sommes au lieu même du miracle.

HYGINIUS.

Tout de bon ?

POLICHINELLE.

Ce tertre fut le siège ou trôna Pâris, ainsi
qu'en témoigne nettement la double concavité
de cette empreinte. Ces six pas invisibles,
mais ineffaçables, permettent d'agrouper par
la pensée les divines concurrentes, telles

qu'au moment même de l'apparition : l'une
au milieu, la deuxième à droite, bien qu'en
général on s'accorde à assigner la gauche à
la troisième. Voici la pomme d'or.

HYGINIUS.

Tu te moques ?

POLICHINELLE.

Authentique.

HYGINIUS.

Cet informe caillou ?

POLICHINELLE.

Qu'il suffirait d'arrondir et de redorer.
D'autre part, Minerve ayant accroché sa tu-
nique aux branches de ce cornouiller, encore
affaissé par le poids divin, l'olivier voisin...

HYGINIUS.

Celui-ci ?

POLICHINELLE.

... En conçut un dépit..., que l'amertume
de ses fruits a rendu désormais indéniable.

HYGINIUS, notant.

Précieux document de botanique !

POLICHINELLE.

Quant à Junon, elle eut sur Minerve l'avantage d'une parfaite insensibilité. Le jugement rendu, ses yeux « de bœuf » versèrent à peine quelques larmes, dont les fervents de Grèce se procurèrent, des siècles durant, pour quelques sous, d'énormes fioles.

(Apparaissent les trois Déesses.)

HYGINIUS.

Quoi ! C'est là Vénus ?

POLICHINELLE.

La blonde, vêtue d'une ceinture ? Oui.

HYGINIUS.

J'attendais sa présence comme celle de la perfection même.

POLICHINELLE.

En seriez-vous déçu ?

HYGINIUS.

Que trop.

POLICHINELLE.

O chefs-d'œuvre, voilà de vos effets les plus certains !

HYGINIUS.

Je n'irai pas jusqu'à la trouver laide, mais, la bouche, par exemple...

POLICHINELLE.

L'oreille, surtout...

HYGINIUS.

Enfin, l'ensemble du visage...

POLICHINELLE.

Sans compter le reste...

HYGINIUS.

Ainsi, ma femme... A Dieu ne plaise que j'établisse entre madame Fax et Cypris une ombre de comparaison...

POLICHINELLE.

Un simple rapprochement.

HYGINIUS.

Pas même.

POLICHINELLE.

Pourtant, à bien prendre; nonobstant votre affection, madame Fax, âge et condition à part, malgré son embonpoint, sans compter ses rides..., vous paraît un spécimen aussi réussi d'idéal féminin que Vénus ?

HYGINIUS.

Le préjugé seul en fait la différence.

POLICHINELLE.

Je vous sacrifie la femme au casque. Je suis convaincu, docteur, qu'à la place de Pâris, vous vous seriez déclaré en faveur de Junon ?

HYGINIUS.

Mon faible pour le profil des Bourbons l'eût emporté. J'adore le nez de Henri IV.

POLICHINELLE.

Ah ! ah ! ah !... Que votre culte pour l'ap-
pendice du Béarnais trouvait bien là rengaine
à sa marotte !... Le nez du Vert-Galant à
Junon ! Sus, savantissime, continuez. A votre
aise. Si l'on critiquait pour se gêner...
D'abord, la critique de la critique est inter-
dite. Et les critiqueurs le savent bien !

HYGINIUS.

Quelle émotion me gagne ! Tout en cette
femme m'éblouit.

POLICHINELLE.

Le pouvoir de la Beauté, que vous disais-
je ? (Hyginius s'élance sur Junon et tombe nez à terre, les
trois Déesses ayant disparu.) Ah ! fi ! Seigneur vol-
can, je l'entendais d'une manière plus esthé-
tique. Fi ! fi ! convoiter la beauté, vraiment
cette sensualité ravale à la brute. Monsieur
doit professer l'application de la feuille de
vigne, la raison s'en comprend.

HYGINIUS.

Partons. Partons.

POLICHINELLE.

Maître, je suis à bout. Regagnons la forêt.
Un dernier conseil : pour de savant devenir
poète, si vous voulez vous décrétiniser, cédez
dans vos moindres écrits au bon goût du
public, soyez des cinq Académies, censeur
ultra, collet monté, puritain, grand enculot-
teur d'idées, grand frénétique de morale,
grand missionnaire de décence, grand em-
plâtreur de ventres de Vénus, en un mot
l'homéopathie, l'homéopathie, et jusqu'à vos
derniers moments.

(Ils s'envolent.)

SCÈNE XIV

———

CHAMPVEAUPRÉ, ELVIRE.

CHAMPVEAUPRÉ.

Madame, à cette envergure gigantesque, ce doit être une autruche ou quelque autre monstre de l'air.

ELVIRE.

Fait-il mine de vouloir s'abattre sur nous?

CHAMPVEAUPRÉ.

A ses côtés vole un autre monstre sans ailes.

ELVIRE.

Sans ailes! Mon ami, recommandons notre

âme à Dieu. D'après leur élévation, pensez-vous qu'il me reste de quoi dire un *Ave?*

CHAMPVEAUPRÉ.

Ils fondent furieusement sur nous. Pas un mot. Ventre à terre, de tout votre long, comme un bouleau déraciné; moi, debout, immobile, les bras tendus, les doigts écartés en guise de branches.

(Hyginius et Polichinelle s'abattent.)

POLICHINELLE.

Après l'Ida, il faut se rendre.

CHAMPVEAUPRÉ, à part.

Des oiseaux à voix humaine !

HYGINIUS.

Non. Dussé-je aller chercher la poésie jus-qu'aux étoiles.

ELVIRE, à part.

La voix de mon mari ! Ceci dépasse toute monstruosité.

POLICHINELLE.

Cher savant, ne vous assotez pas d'une ascension absolument aussi infructueuse que les autres.

HYGINIUS.

« Souhaite, ordonne sans m'épargner; je t'offrirai tous les moyens de mettre ma complaisance à l'épreuve. » Perfide valet, voilà de tes promesses.

POLICHINELLE.

Ne vous estomaquez plus, en avant!

HYGINIUS.

Vers les étoiles! (Il ouvre ses ailes, mais s'achoppe à Elvire et tombe.)

POLICHINELLE.

Tudieu! vous prenez la route opposée, qui mène droit au feu central. Plaisante chute!

HYGINIUS, bas.

Tu n'es pas seul à t'en épouffer; nous sommes environnés d'Esprits. Cette forme d'arbre a ri, l'autre a tressauté sous mon poids. Éloignons-nous.

POLICHINELLE, à part.

Pointer le nez vers les étoiles et s'épater entre sa femme et un galant !

HYGINIUS.

Plaît-il ?

POLICHINELLE.

Rien.

HYGINIUS.

Par surcroît de disgrâce, mes ailes ne vont plus qu'à la dérive.

POLICHINELLE.

Quelques gouttes de ce cordial, buvez; et que la rapidité de l'éclair vous prenne aux jambes. (Hyginius boit et devient un cerf ailé.) Monsieur du Chêne-Vert, holà! A califourchon. Agrippez les cornes. Et vous, tendre déracinée, miss du Bouleau, en croupe et tenez ferme. (Il les place terrifiés l'un et l'autre sur Hyginius.) L'époux corné, à quatre pattes, femme et galant au dos, qu'on me découvre un plus matrimonialement éloquent symbole! Hop! hop! maître Fax, à fond de train! Chacun accourt vers Papillonne et se dispose à la grande chasse. Hop! hop! Se redresse mon corps, si j'y manque! Hop!... (Il touche du bâton Hyginius qui bondit et disparait.)

SCÈNE XV

Une clairière. — Au fond, tous les animaux de la forêt.

CHŒUR DE LÉZARDS, CHŒUR DE LUTINS.

CHŒUR DE LUTINS.

Alerte, piqueurs!

CHŒUR DE LÉZARDS.

A vos ordres.

CHŒUR DE LUTINS.

Le plus ardent sanglier de race pour la Reine Papillonne; le plus noir corbeau pour la Mort. Les courtisans et les belles des deux cortèges chevaucheront à leur gré les autres bêtes.

CHŒUR DE LÉZARDS.

Suffit!

CHŒUR DE LUTINS.

Par ici, la meute, par ici.

(Accourt Méphisto, recouvert d'un drap blanc.)

MÉPHISTO.

Aoû, aoû... Lévriers, charnaigres, bouledogues... Aoû, aoû..., braques, limiers, bassets, baubis, nigles, corneaux... Aoû, aoû..., chiens courants, batteurs, babillants...; jamais premier ministre ne contint en lui tant de chiens! Je suis une meute au complet, aoû, aoû, semblable à ces gens qui, toujours drapés au goût des circonstances, humbles, fiers, tristes, gais, cagnards, affairés, véritables gueules à tous abois, jouent au naturel tous les personnages et sont à eux seuls une humanité tout entière. Aoû, aoû. Hélas! en être réduit, par pudeur, à dérober ma dignité sous ce couvert de loup-garou! Aou... Aoû... Aoû...

(Entrent Papillonne, Éloi et le cortège féerique.)

DEMI-CHŒUR.

Indifférent à tous ces préparatifs, avec quelle mélancolique tendresse Papillonne contemple le magot qui l'accompagne !

DEMI-CHŒUR.

Un quadrumane du nom d'Éloi.

PAPILLONNE.

Mes regards pénètrent cette détestable enveloppe à laquelle mes sens répugnent, et qui renferme désormais la vie de mon être. O Tantale ! Que ce stratagème châtie sévèrement mon infidélité au Prince !

ÉLOI.

Sans égard à l'opinion du monde, je vous emmène au fond d'un désert, où nous vivons heureux, seul à seul, dans une chaumière, d'un amour sans fin ! Un seul mot, madame !

PAPILLONNE.

Est-on malheureuse à cet excès !

LULLA.

Madame, voici notre gaieté de retour.

(Entre Polichinelle.)

POLICHINELLE.

En chasse, en chasse. La bête est lâchée. Un chameau-cerf ailé. Deux bosses sur l'échine, une mâle, une femelle...

PAPILLONNE.

Quel ramassis de contre sens débites-tu ?

POLICHINELLE.

Le Savantus-Poeta-Maritus, phénomène dont l'origine, divine mie, remonte à la première apparition de la sottise. D'un coup d'épée au flanc, ma souveraine, il vous en jaillirait au nez plus de vers latins et grecs, d'absurdités et de balivernes, qu'il n'y a d'escroqueries dans la caboche du plus intègre commerçant ! véritable gibier de chasse féerique et dont la capture vous honorera sans restriction, ainsi que la joyeuse compagnie.

(Entrent la Mort, Pomadin et leur cortège.)

LA MORT.

Ne m'en veuillez pas, Pomadin, du retard que cette chasse apporte aux délices ordinaires de l'hymen ; mais les tyrannies de l'étiquette asservissent sans merci les souverains, et...

POMADIN, livide.

Sans contredit, ma petite fauvette.

LA MORT, à Élof, qu'elle prend pour Satan.

Salut, cousin ; et toi, ma petite.

PAPILLONNE.

Mille amitiés, cousine.

GEORGES.

Jaunac, le nom de cette belle enfant-là, en civilités avec la Mort ?

DE JAUNAC.

La Reine Papillonne.

GEORGES, se cambrant.

Une Reine! Oh!

DE PRÉBEL.

. Vieux fou!

GEORGES, se ravisant.

Zésu Dieu! z'oublie toujours que zo n'ai
plus ma peau!

POLICHINELLE.

En chasse! En chasse!

MÉPHISTO.

Aoû. Aoû.

(Mouvement. Papillonne monte un sanglier, la Mort un corbeau; chacun prend un animal pour monture. — Entrent
Satan et Lisbeth.)

ÉLOI, stupéfait.

Ma femme avec un autre moi-même!

LULLA, à Satan.

On sait vos métamorphoses, saint homme.

SATAN.

Plus bas! Si la pauvrette vous entendait!
Un mets de prince, belle Lulla, et sur lequel
s'est rassasié mon appétit. Que cet aveu mette
votre souveraine dans la plus entière sécurité.

POLICHINELLE.

Lâchez la meute. En avant! Par les taillis,
les fourrés, les ravins, sus au Savantus-Poeta-
Maritus!...

(Tous partent en volée.)

SCÈNE XVI

Une autre partie de la forêt.

———

HYGINIUS, ELVIRE, CHAMPVEAUPRÉ.

CHAMPVEAUPRÉ.

Nous sommes rejoints. On nous traque. Le monstre fume comme une chaudière! ses forces s'évaporent! son dos fléchit! Malédiction!...

ELVIRE.

Cette course dans un effroyable tintamarre, l'oiseau changé en cerf, la voix de mon mari..., j'en deviendrai folle. Ah! monsieur Champveaupré, que va-t-il se passer?

CHAMPVEAUPRÉ.

D'épouvantables horreurs pour le moins,
madame.

(Ils passent emportés par le galop de Fax ; la
chasse débouche sur leurs pas.)

TOUS.

Hallali ! La bête est sur ses fins...

SCÈNE XVII

Même partie de la forêt qu'à la scène XI.

———

LE SECOND TÉMOIN, LE PRINCE.

LE SECOND TÉMOIN.

Messieurs et ma Diane, nous nous écartons du contrat.

(Entrent Hyginius, Champreaupré, Elvire.)

LE PRINCE.

Oh ! quelle indicible apparition !

LE SECOND TÉMOIN.

Personne, flirtons.

ELVIRE.

Sainte Vierge ! L'âme de notre second témoin aux pieds d'une femme à cornes !

CHAMPVEAUPRÉ.

Et dans les brindes !

ELVIRE.

Il ne faut plus douter que nous ne soyons présentement dans les enfers.

CHAMPVEAUPRÉ.

D'autant que le passage de la vie au trépas est insensible, au dire des vivants.

(Hyginius tombe épuisé.)

ELVIRE.

Tout est consommé.

(Entre Méphisto sous son drap blanc.)

MÉPHISTO.

Aoû, aoû.

CHAMPVEAUPRÉ.

En un clin d'œil ces aboiements vont attirer sur nous toute la bande.

ELVIRE.

Seigneur, je remets mon âme entre vos mains.

LE SECOND TÉMOIN.

Nous nous écartons de plus en plus du...

ELVIRE.

Les voici ! Les voici ! Les âmes de mon fils ! de Lisbeth ! de Pomadin ! Et en quelle compagnie, saints du ciel !... (Elle s'évanouit.)

GEORGES.

Très cic, très cic, le Savantus-Poeta-Maritus !

LE PRINCE CHARMANT.

Ma femme et mon régicide sur un sanglier ! (Il s'évanouit.)

MÉPHISTO.

Aoû, aoû.

CHAMPVEAUPRÉ.

Maudit aboyeur !

(Entre Griffon, toujours courant, qui donne tête baissée contre Méphisto.)

GRIFFON.

Un constrictor-garou ! *(Il s'évanouit. Méphisto est tombé de son long.)*

SATAN.

Le drôle a réduit la meute au silence. Vengeons-nous sur le monstre.

POLICHINELLE.

Maîtresse, votre époux en femme encornée !

PAPILLONNE.

Au bras d'un mortel !

PLUSIEURS VOIX.

A mort, le monstre, à mort.

(Champveaupré s'évanouit.)

D'AUTRES VOIX.

Non, non. Enchaînons-le.

(Désordre. Une lutte s'engage, tous crient, se mêlent. Cependant le corps de Méphisto s'amincit et s'allonge en une ligne blanchâtre, qui glisse au travers des taillis, recule et finit par se confondre avec la ligne de l'horizon. Une clarté point, qui monte et s'élargit par tout le ciel.)

TOUS.

Le jour !

(Champreaupré se réveille à cheval sur Hyginius, Elvire à ses côtés, les jambes passées sur Fax. Plus loin, le second témoin ronflant aux pieds du notaire; puis Lisbeth, Éloi. Plus loin, Pomadin. — Les autres ont disparu.)

SCÈNE XVIII

Chez un commissaire de police.

——

HYGINIUS, CHAMPVEAUPRÉ, PO-
MADIN, ÉLOI, GRIFFON, LE SE-
COND TÉMOIN, ELVIRE, LISBETH,
LE COMMISSAIRE DE POLICE.

LE COMMISSAIRE.

Ne parlez pas tous à la fois, sous peine de
ne produire qu'un vacarme informe et antipathique aux qualifiés dont il s'agit. Vous, d'a-
bord. J'écoute distinctement votre déposition :
faites-la de même.

ÉLOI.

De son propre aveu, ma femme a couché
cette nuit avec un autre.

20

LE COMMISSAIRE.

Avec un autre quoi ?

ÉLOI.

Un autre moi-même.

LE COMMISSAIRE.

Comment l'entendez-vous ?

ÉLOI.

Comme tout homme... outragé doit le faire.

LE COMMISSAIRE.

La nuit d'après la bénédiction nuptiale ? Vous avez eu la faiblesse d'obtempérer aux caresses d'un étranger autre que monsieur votre mari ? Voyons, ne vous troublez pas. Ce fait est inconcevable, madame.

LISBETH.

Vous-même en eussiez fait autant, monsieur, ce soi-disant séducteur n'étant autre que monsieur Éloi lui-même, de son propre aveu.

LE COMMISSAIRE.

Quel dédale !

CHAMPVEAUPRÉ.

Un peintre aura pris l'apparence d'Éloi, c'est clair. Ils nous en ont fait voir bien d'autres. Indépendamment du second témoin qui a eu des visions de dames encornées, et maître Griffon de constrictors aboyants, monsieur, sous-bibliothécaire à l'Institut, membre des Sciences morales et politiques, auteur de livres, transformé en cerf ailé par ces exécrables sorciers...

LE COMMISSAIRE.

Qui nommez-vous ainsi ?

CHAMPVEAUPRÉ.

Tous les peintres de la forêt de Fontainebleau sans distinction.

LE COMMISSAIRE.

Pour exécrables, je ne sais; mais pour des sorciers, apprenez que notre siècle s'en dit exempt depuis des siècles.

CHAMPVEAUPRÉ, montrant Elvire.

S'il restait à madame la force de s'exprimer, vous apprendriez à votre tour que le dos de monsieur nous a servi de refuge durant une chasse infernale, où toutes les bêtes nous traquaient, sans parler des fées et des squelettes.

POMADIN, tressaillant.

Des squelettes!

HYGINIUS.

Devant Dieu et devant les hommes, moi, Fax Hyginius, âgé de soixante-un ans, domicilié et demeurant à l'Institut de France, reconnais et confirme la déclaration du témoin.

CHAMPVEAUPRÉ.

Je ne le lui fais pas dire.

POMADIN.

En fait de squelettes, j'ai revu tous mes anciens clients et épousé la Mort. Narcisse Pomadin, docteur en médecine, rue d'Aumale, 27. Attiré dans un cimetière par les offres galantes d'une femme, et ne me trouvant pas encore d'âge à refuser, je le répète, j'ai épousé la Mort.

HYGINIUS.

J'ai bien promené la Lune en gondole, moi !

POMADIN.

Un cimetière distant de quatre lieues de l'hôtellerie magique, autant que le permettait d'en juger la vitesse des hippocentaures qui m'y ont emporté.

LE COMMISSAIRE.

Promener la Lune en gondole! Fort bien, tout s'explique à présent. Ils sont ivres. (Il fait un signe à des agents.) Toute la noce au poste, sans brutalité. On les réintégrera progressivement dans leurs domiciles respectifs. Sans brutalité. Il y a un membre de l'Institut décoré de la Légion d'honneur.

(On les emmène.)

ÉPILOGUE

ÉPILOGUE

—

Incurablement empesté du morbus versifi-catrix, en dépit de ces horrifiques péripéties, jusqu'à son dernier jour, dans les affres de l'agonie, la mort au larynx, Fax versifia.

Pomadin, revenu de l'allopathie, guérit ses malades par sa présence.

Un matin de printemps, Elvire et Champveaupré sont partis d'un seul vol vers les « demeures éternelles, » où Griffon chicane avec l'Infini.

Le second témoin vieillit dans les huiles.

Lisbeth a mis bas un avoué.

TABLE

—

Paris. — Imprimerie Vᵉ P. Larousse et Cⁱᵉ, rue Montparnasse, 19.